陳鈞潤
翻譯劇本
選集

Hobson's Choice

女大不由爺

by Harold Brighouse

角色表

何弼臣（何）	「何弼臣鞋店」東主
何美娟（美）	何弼臣長女
何玉娟（玉）	何弼臣次女
何惠娟（惠）	何弼臣幼女
莫威（威）	鞋匠
王老大（王）	鞋匠，渾號「豬髀」*
洽和符夫人（洽）	鬼婆
許老二（許）	何弼臣酒友
馮帶弟（馮）	包租婆馮四嫂之女
包小詩（包）	「包觀詩包誦詩包小詩律師會計師樓」的律師
邊時發（邊）	「邊有勳麵粉廠」少東
馬化麟醫生（馬）	西醫

---

* 如太混淆，可用「豬髀」一名，不用「王老大」。

時地　一九四七、四八年間香港上環西營盤區

第一幕

上環西營盤皇后大道西近皇后街口「何弼臣鞋店」前舖舖面。台左為向街入口及櫥窗。台後向正觀眾為櫃面，其後有靠牆層架高櫥，放滿鞋盒。櫃枱前置籐椅。台左前有寫字枱連椅。台右有門通後居。台中央有地板掀門通地牢工場。店中陳設簡陋，牆及櫥窗掛「貨真價實 童叟無欺」及「精製革履 歡迎訂造」等懸牌。生意甚佳──當日時世毋須華麗裝修。貴客光臨可在後居廳中試穿。一般顧客則坐舖面籐椅──雖陳舊而應景。櫥窗陳列存貨不多，大部份為黑布鞋（男唐裝或女裝有橫帶）。時為正午，艷陽透戶。

何弼臣兩女兒玉娟（廿三歲）及惠娟（廿一歲）坐櫃枱後，惠娟最美。玉娟在編織，惠娟在讀小說。二人均衣袖衫西裙加黑圍裙。右門啟，美娟上，三十歲，何弼臣之長女，衣短衫褲。

玉娟	咦，你咋？我幾恨係阿爹出街呀。
美娟	恨倒喇你。（往台左寫字枱）
玉娟	佢今朝晏咗嘞。
美娟	晏咗起身囉。（忙於理帳）
惠娟	（閱着書）佢「呷」咗粥未呀大家姐？
美娟	仲食粥？琴晚去咗開會又標唔倒會吖嗎佢。
惠娟	即係要「醒醒」佢啦。
玉娟	佢係就至好趁早去嘞。
美娟	你「聽」緊人咩玉娟？
玉娟	係吖，你明知喇，佢嚟到，保你哋大行開吓哩（去聲）。

惠娟　　　　「冇研究之至」，二家姐，阿爹行開咗先就得囉。你都知佢
　　　　　　一日未走我都要坐櫃面嘅。

**包小詩自街門上，廿六歲，西裝骨骨，成個行運律師格，走到台右向玉打
招呼。**

包小詩　　　早晨呀玉娟姑娘（上聲——下同）。

玉娟　　　　早晨呀包生。（傾前）阿爹仲未出街——佢晏咗呀。

包小詩　　　啊！（轉身欲離，向街門走至半途，美立起）

美娟　　　　（走向台中）有乜幫襯呢包「腥」？

包小詩　　　（停步）哎，我睇冇乜喺使嘅嘞，何大姑娘。

美娟　　　　你知啦，我哋打開門做生意嘅，「老虎蟹」都唔肯任得啲客仔
　　　　　　「自出自入」又冇幫襯㗎。

包小詩　　　哎……嗯……唔該包起「孖」鞋帶啦。（略移右）

美娟　　　　你着幾號鞋㗎？

包小詩　　　八號，我細個「纏（音賤）腳」吖嗎。（傻笑，然見美毫無笑意）
　　　　　　乜鞋帶都要講「嘥史」嘅咩？

美娟　　　　（往台右在扶手椅前鋪地蓆）鞋就要啦。（微推包）坐低啦
　　　　　　包少爺。

包小詩　　　（坐）哦，之不過——

美蹲下脱包鞋。

美娟　　　　你喱對鞋要起本嘅喇，「tit」對嗷嘅「跴街」，失禮晒你啲
　　　　　　「行（音航）尊」㗎。阿惠娟，唔該响第三格攞對八號荔枝皮
　　　　　　（音鄙）吖。

玉娟　　(略走前)大家姐，包生唔係嚟買鞋㗎。

惠交鞋盒與美，美開盒。

美娟　　係囉，佢嚟得咁勤有乜「景轟」呢可？

玉回櫃面。

包小詩　　我用鞋帶用得粗之嗎，大小姐。

美替包穿好新鞋繫帶。

美娟　　一日用爛一孖？你認真手瓜硬嚕！

包小詩　　我買定嚟「上倉」啫，「閒時買定急時用」吖嗎。

美娟　　而家你有埋隻鞋嚟襯「兜」鞋帶啦包「腥」。好着嗎？

包小詩　　好軟熟。

美娟　　行起身試吓。

包小詩　　(試踱步)啱着，合晒「合尺」(音何車)。

美娟　　着埋嗰隻吖。

包小詩　　㖡，我睇免嘞，講真我唔多啱心水啫。

美娟　　(推之)坐啦包大少，你着住「鴛鴦」鞋，點出街見人呢又？

玉再走前。

包小詩　　㗎……幾銀呀？

美娟　　十個銀錢。

包小詩　　十個銀錢？㗎咪好——

美娟	抵囉，靚嘢嚟㗎，兼且你今日慳返唔使買鞋帶喺，我哋搭多孖送嘅。

惠回櫃面。

美娟	光身嗰「挺」之嘛，你若果愛「擤辮」嗰「挺」呢 —— 之唔係咩，你又話「手瓜起脹」咯，猛斷咁多兜「病」（啤酒之啤去聲）—— 都有，不過要俾多兩粒「神」（上聲）啫。
包小詩	喱「挺」—— 喱「挺」得嘞。
美娟	係嘅盛惠晒咯嘛，順便補返對舊鞋喺啦，我開埋單送去你公館吖。（繫好另一鞋，立起，往寫字枱，拋盒與惠，惠酣讀中受驚而呼）

包倒抽涼氣。

包小詩	鞋！若果大早有占卦佬批我入到嚟會破十「雞屎」財嘅呢，我實話佢「侲」嘅。
美娟	冇嘥㗎，喱「挺」鞋好「襟」嘅。「好行」咯嘛包「腥」。（開門送客狀）
包小詩	「夾唔送」咯。（呆望玉一眼而下）
玉娟	大家姐呀，我知你係好叻拉客，之不過 ——
美娟	（回台右，拾起舊鞋於架上）教精佢咪响度「冇掩雞籠」嗽咋，佢得閒得滯！
玉娟	你明知佢嚟做乜㗎。
美娟	我淨係知佢嚟到夠皮，夠鐘納返多少差餉嘞。一日一孖鞋帶咪底面都蝕埋俾佢？「痴車」咁轉嚟同你「眉來眼去」，眼見佢就嘔飯呀。（橫過櫃枱前往台左）

玉娟	你啲老姑婆就講得口響！阿爹又唔放我哋出去同人「行」，小詩佢除咗吼阿爹行轉背嚟見我之外，仲有乜「符fit」出喎？
美娟	佢係有心同你拉埋嘅，做乜唔「打鼓趁慶」吖？
玉娟	嘅規矩係要「行」吓先㗎嗎。
美娟	「老奉」（譯註：即「奉旨」、「老馮」）㗎（下平聲）？（從左枱取起拖鞋）比如喱隻繡花拖鞋釘埋珠嘅，同男仔「行」之唔係一樣咩傻女？一味睇得，冇實用嘅。（放下拖鞋據桌坐）

何弼臣自後居上，年五十五，事業成功的老粗，臉泛紅，典型當代老父，戴鴨舌帽，金鏈袋錶，唐裝衫褲耐用型。

何弼臣	阿美娟，我行開一個「骨」鐘吓。（走向街門）
美娟	知喇爹，咪遲咗返嚟食晏嗱，今日煲豬膶枸杞呀。
何弼臣	食晏仲有成個鐘頭吖。（欲離）
美娟	所以呢，你响「人和悦」坐耐過一個鐘頭咪晏咗囉。
何弼臣	「人和悦」？邊個話 ——？（轉身）
惠娟	「有功者留飯不留餸、無功者飯餸不留。」
何弼臣	（粵曲式）「哎吔吔」！俾你「吹」——
玉娟	咪講爛口呀爹！
何弼臣	好，我唔「吹」，不如坐低先。（坐台右）三隻嘢聽住：我識穿晒你哋嗰「槓」嘅，想「創」你個心啦，「六月想雪」，想管理我出入？「目無尊長」！激得我嬲嬲地「治」吓你班嘢就知死！
美娟	爹呀，我估許老二依家怕响「人和悦」「聽」緊你嘅喇。
何弼臣	話知佢「聽」到頸長啦，我依家管教緊我屋企班忤逆女，我嘅說話你哋要當「聖旨」嘅！知冇？你哋老母一「瞌」埋眼嗰陣，我就估數會有今日嘅嘞。你哋對我越嚟越「沙塵白霍」！

惠娟　　阿爹，留返今晚（上平聲）上咗舖至講餐飽啦。（急於續閱）

何弼臣　　我鍾意依家講，你就要豎起對耳仔聽。你哋唔好命，「有爺生冇乸教」，依家「有毛有翼」嘞，大個女喇「病」，就「揸揸拃拃」、要搵個人嚟管吓係嗎？不過冇咁「皮宜」㗎：你哋唔使旨意管得倒我！

惠娟　　我唔算「揸拃」啩爹？

何弼臣　　唔「蒜」就「蕎頭」囉。你係生得夠「省鏡」，不過你「揸拃」！我至憎人「揸拃」嘅，十足我憎啲「訟（音狀）師」一樣。

玉娟　　我哋「抵得諗」煮埋俾你食喎；就算叫聲你因住鐘數返嚟食，都唔算「揸拃」吖。

惠娟　　大家「將就」吓啫爹。

何弼臣　　我「就」你，你就「將」我「軍」囉，「三分顏色就上大紅」，冇得傾！

美娟　　我哋揼過你幾銀人工喎？

何弼臣　　喱筆都「唔啦耕」嘅。（立起走往左門）家下係講開「白霍」。等我點醒你哋：對老爹嘅鋪任性所為要戒！（走向櫃面）仲唔只噉呀，「上文嘅段因果」，係閂埋門講家規咋。而家「開叉筆」叉到出去點見人嘞。我一路吼住寶仔女點樣「身私」行出街嘅：睇到我連隔夜飯都嘔埋！何家嘅家聲名譽，俾何家嘅不肖子孫整「邋遢」晒。一日都係皆由你哋「白霍」！

惠娟　　我都唔明你「噏」乜。

何弼臣　　惠娟，你靚就靚嘞，衰在「花旗戰艦——周身大炮」弊呢。上個禮拜你哋邊個着新衫吖？

玉娟　　怕係話惠娟同我啩？

何弼臣　　講到明就「陳顯南（音杭）」啦。

惠娟　　阿爹，我哋鍾意點着就點着，你慳返啖氣暖肚吧啦。

何弼臣　　　我連生意都唔去掛住，留低响度唔係為咗慳氣嘅。

惠娟　　　你都「陷望(上聲)」我着得好睇㗎。

何弼臣　　　係，我都想見倒個女好「身私」。(走向台右)故此我俾成百銀一年阿十三姑，幫你哋造啲正經衫着。衣裳「企理」先至順眼，對盤生意亦都有着數。不過我教精你吖：有「挺」女人、若果可以學男人睇佢嗽睇吓自己個「貓樣」呢，包佢嚇到「魂魄都唔齊」！我預咗「省」十三姑一餐㗎：着到你哋好似「鬼仔衣」嘅！(走向台左)禮拜四嗰晚呢，我同我老友「喳(下平聲)啤(B)」綿响「人和悦」舖面望出街，「吸」倒你同阿玉娟——(轉身)

玉娟　　　嗰個「酒保」？

何弼臣　　　「酒保」唔係人咩？扯旗山望落嚟咁多酒舖企堂，有乜邊個咁老實嘅咋小姐。我老友「喳啤」綿問我：你哋係乜水喎。又唔怪得佢嗽問嘅：你哋响「大馬路」一路行，十足「後欄(上平聲)」祖多個篸箕嘅。

惠娟　　　(受辱地)㖭！

何弼臣　　　個篸箕仲「浪(上聲)浪」吓㗎，而且你哋踏腳落個「水門汀」地度，仲十足生緊「蘿蔔仔」嘅㗎——呢上高「頸梗梗」、下低「腳軟軟」嘅呢。「冇厘貴格」！

玉娟　　　咩「冇厘貴格」啫，爹呀，依家時興加個墊(音戰)撐起啲裙褶(音習去聲)吖嗎。

何弼臣　　　興你個「桑麻柚」！

美娟　　　爹呀，你依家唔係响「人和悦」呀。

惠娟　　　你碌大啲雙眼，睇吓第啲「大姐仔」點着法吖。(立起)

何弼臣　　　如果搵你哋做辦(音板)就唔睇都罷咯。我係個正經人、何弼臣(上聲)、香港地嘅正當商人，行得正企得正。我係入於講實際、講良心嗰「挺」人：你哋就「扮鬼扮馬」，即是「貪慕虛榮」夾「姿整」。着端正服裝你唔心足，學人貪威死充——

惠坐下。

何弼臣　　——依啲係「食塞米」所為，冇腦嘅人先至好（去聲——動詞）嘅。你哋唔記得晒乜嘢叫做「敬業」，所謂「禮義廉恥國之四『毀』」、係靠我哋依啲小本生意佬「識得諗」、加埋啲「手作仔」「抵得諗」，至扶得穩我哋中國人「禮義之邦」個高腳牌！你哋「倒亂骨頭」：睇得啲嘅「唔等使」嘢緊要過晒啲嘅「等使」嘅。總之一句講晒：你哋仲想响哩個埠頭「踎」嘅，响我何家「踎」嘅，就聽我枝笛啦。

惠娟　　你係咪要我哋着到「夜香婆」噉吖？

何弼臣　　唔係，之不過亦唔係着到鬼婆「戲子」噉，我哋係中國人，我鄉下唔興嘅。

玉娟　　阿爹，我哋幾大都要講「時派」嘅嘞。

何弼臣　　噉我就俾兩條路你兩個揀，我係話你：惠娟、仲有玉娟。你哋想繼續「食爺飯着嫲衣」嘅，就要識諗，就要「揇」住鋪「白霍」癮。若果做唔到嘅，就「躝屍趷路」，姿整俾第個睇、老豆冇眼睇！「袋錢落你袋」你仲「狗咬呂洞賓」！冇我養你嗰陣就識死嘞，兩隻「妹釘」，等我揾兩主門口嫁鬼咗你兩隻「扭紋柴」去，一於噉話！

玉娟　　我哋自己冇得揀老公嘅咩？

何弼臣　　我正話講咗成個字鐘，之唔係話你哋知：你哋連自己揀衫着都未揀得掂。

美娟　　阿爹，你一味同惠娟玉娟講咗咁多，我嗰份又點呀？

何弼臣　　你？（轉向美，愕然）

美娟　　你有老公派吖嗎，也有我份嘅咩？

何弼臣　　哈，你認真夠諗諧嘞！（笑）你又要老公？（走至寫字枱）

美娟　　「新聞（上聲）」咩？

何弼臣	「新聞咩」？我估你自己知自己事嘅啦，之若果要「畫公仔畫出腸」嘅呢：你經已「蘇州過後冇艇搭」嘅喇，「攝」咗「灶罅」喇美娟，住「姑婆屋」就有你份。
美娟	我三張嘢啫。
何弼臣	(面對之)之唔係三張兼「過廟(上聲)」囉。之嗽，女人唔係是必要嫁嘅。不過你兩個呢，嘩，我話咗喇：唔准「白霍」、「貪威識食」，唔係就「擁」(音ung)鬼咗你哋出門揾佬養你。行邊條路你哋好自為之啦。(取帽趨街門)
美娟	一點鐘開飯呀爹。
何弼臣	阿美娟你聽住 —— (回寫字枱前)依間屋啲鐘數係我話事嘅，我話一點鐘開飯，先至一點鐘開飯，你話嘅唔算。
美娟	知喇爹。
何弼臣	知清楚晒我就「行人」。(走至門前)弊，「行不得也哥哥」：阿冾和符夫人啱啱落車咯。(放回帽子在櫃面)

美立起開門，冾和符夫人上，華服洋婦，態度囂張。

何弼臣	唔摩玲，搣失時冾和符[Good Morning, Mrs. Hepworth]，甩褲嘿(音lui上平聲)低！
美娟	(傳譯)Lovely day!

以下對話中、美一直作低聲耳語地即時傳譯狀 —— 是真正「即時」，絕不影響交談。

冾和符夫人	(坐台右中扶手椅)Morning, Ho But Sun.(掀裙露腳)I've come about those shoes you sent me home.
何弼臣	(跪冾右，撫其腳)夜時，搣失時冾和符，威厘骨臊(音蘇)鼠！(譯註：如嫌不明，可加美翻譯：Very good shoes.)

洽和符夫人　Get up, Ho But Sun.

何急斂容立起。

洽和符夫人　You look ridiculous on the floor.（slowly）

　　　　　　WHO — MADE — THESE — SHOES?

何弼臣　　　We mic(k), we mic(k).［我哋做嘅］

洽和符夫人　Will you answer a plain question?（more slowly）

　　　　　　WHO — MADE — THESE — SHOES?

何弼臣　　　「苛不新臊鼠濕」［何弼臣鞋店］。

美娟　　　　（翻譯）Ho But Sun shoes shop.（以下如此類推）

洽和符夫人　（向美）Young woman, you seemed to have some sense when
　　　　　　you served me. Can you answer me?

美娟　　　　I think so, but I'll make sure for you, Mrs. Hepworth.（開地
　　　　　　板掀門喊）豬髀！

何弼臣　　　（台右前）腰汪思鑊蚊［你要見經手人］，係咗？

洽和符夫人　I said so.

何弼臣　　　埃 — 孖士他嘻牙［我係依庶事頭］，埃 — 累事幫屎煲！
　　　　　　［有乜嘢我負責］

洽和符夫人　I never said you weren't.

王老大自掀門上，白髮矮小而粗腿，牛記笠記，滿身污漬。

王老大　　　咩嘢事呀美娟姑娘？（半身突出地面）

洽和符夫人　（Slowly）Man, DID — YOU — MAKE — THESE —
　　　　　　SHOES?（立起走近一步）

王老大	撈！
洽和符夫人	Then who did? Am I to question every soul in this place before I find out?（四顧）
王老大	鴉 — 威 — 糟嘅。[阿威造嘅]
洽和符夫人	Then tell Ah Wai I want him.
王老大	夜時！[是的]（下地牢喊：「阿威」）
洽和符夫人	Who's Ah Wai?
何弼臣	剝 — 威，哽冚。二符臊鼠撈骨，埃 — 測 — 骨 — 測嘻骨 — [若果對鞋有乜唔妥，我拆佢骨]

莫威自地牢上，瘦個子，約三十歲，雖非天生弱智，卻因童年受虐待而影響智能發展，具有可人潛質，然目前要有慧眼才能賞識其優點。其衣着比王更差，上半身突地板上。

洽和符夫人	（立掀門右）Are you Mok Ah Wai?
莫威	夜時。
洽和符夫人	（Slowly）YOU — MAKE — THESE — SHOES?
莫威	（瞇眼望鞋）夜時疴拉，啦屎 — 禮拜造嘅。[是的，上個禮拜造嘅]
洽和符夫人	Take that.

威縮，以為遭打，再抬頭見洽遞名片，取之。

洽和符夫人	See what's on it?
莫威	（彎身看名片）「雞腸」？
洽和符夫人	Read it.

莫威	艾─冬─捞─（把名片上下調來調去）
洽和符夫人	Bless the man can't you read?
莫威	艾冬捞，食鬆糕。
洽和符夫人	Now listen to me, I heard about this shop, and what I heard brought me here for these shoes. I'm particular about what I put on my feet.
何弼臣	（略趨近）有第次──捞牙齮[no again]，搣失時洽窩乎。（情急而讀出另一譯音）
洽和符夫人	"No again" what?
何弼臣	（喪氣）埃──艾冬捞。
洽和符夫人	Then hold your tongue. Ah Wai, I've tried every shop from Wan Chai to Sai Ying Poon and these are the best made pair of shoes I've ever had. Now, you'll make my shoes in future. You hear that, Ho But Sun?

美一邊傳譯，何一邊點頭領悟一切。

何弼臣	夜時，佢冚，嘻mic(k)。[佢造]
洽和符夫人	You'll keep that card, Ah Wai, and you won't dare leave here to go to another shop without letting me know where you are.
何弼臣	哦，捞，嘻捞高！[佢唔會走嘅]
洽和符夫人	How do you know? The man's a treasure, and I expect you underpay him.
何弼臣	得喇阿威，返落去啦。
莫威	係，老闆。

威竄下地牢，美閉掀門。

洽和符夫人　He's like a rabbit.

美娟　　　　Can I take your order for another pair of shoes,
　　　　　　Mrs. Hepworth?

洽和符夫人　Not yet, young woman, but I shall send my daughters here.
　　　　　　And, mind you, that man's to make the shoes.（橫過往台左）

美娟　　　　（搶先開門）Certainly, Mrs. Hepworth.

洽和符夫人　Good morning.

何弼臣　　　唔摩玲，搣失時洽和符，番茄烏喱媽差！

美娟　　　　（傳譯）Thank you very much.

洽和符夫人　Joy ghin.［再見］

何躬身送客，洽下。

何弼臣　　　（怒）正一「理事廳長」，關佢屁事咩！當面讚伙記好「擇使」
　　　　　　㗎嗎！（往左台中）

美娟　　　　佢又抵讚嘅。

何弼臣　　　抵佢個死人頭！「整慣屍勢」、搞到佢「白霍」「懶（上聲）醒」
　　　　　　嘅、實會㗎。我批死佢，喱挺人有第次交易嘅嘞。

美娟　　　　傻啦爹。

何弼臣　　　整鑊杰嘅佢嘆吓！住扯旗山頂好吖咩？當正自己係英女皇
　　　　　　（音枉）噉。

許老二自街外上，海味舖老闆，何之死黨。

許老二　　　（入門回首望街）嘩唉，巴閉架勢嘞！

何弼臣　　　（急轉身）吓？哦，早晨呀許老二。

許老二　　　上流生意嘥老何，坐「砵砵車」嘅都嚟幫襯你喎。（往左中）

何弼臣　　　乜話？

許老二　　　頭先嗰個咪乜乜窩乎太？

何弼臣　　　哦，係吖，洽和符夫人係老主顧兼大客仔嚟㗎。

許老二　　　真係「阿奇生阿奇」嘞，你同扯旗山啲客有交易都冇聽見你講嘅。

何弼臣　　　講開又講吖，我幫佢同第啲番鬼婆造鞋，都造咗成……幾耐呀美娟？都醒唔起咯。

許老二　　　咁口密吓。點呀，去唔去「嗰庶」呀？（往左後）

何弼臣　　　（取帽）去，唉，都係唔去嘞。

許老二　　　你唔精神呀？

何弼臣　　　唔係。行開一陣啦妹釘，我看舖得嘞。我有嘢同老許斟呀。

許老二　　　係咩？去「人和悅」斟唔得嘅咩？

三女自右下往後居，美最後下。

何弼臣　　　得！「揞」住晒「喳啤」綿、八叔同「諸事喱」啲耳仔就得。

許老二　　　噉即係傾密偈啦，有乜唔妥呀老何？

何指許坐右椅，自坐櫃枱前。

何弼臣　　　嗰寶嘢唔妥囉。（指後居門）你啲女有冇「頭赤」嘅㗎老二？

許老二　　　冇（上平聲）──（坐右椅）佢哋「不嬲」聽晒我話嘅，有乜「依郁」咪「黃面婆」做醜人（音忍）、「籮鱔炆豬肉」囉。

何弼臣　　鞋，老二，有個老婆真係「好使好用」㗎，冇咗佢嗰陣先至知佢好。我阿嬌「伸直」嗰陣，我「謝蒼天謝祖先」、以為清靜晒，誰不知家下恨錯難返咯。往時（音史）佢「扭」我「六壬」，我以為駁掂佢已經夠晒「攞膽」嘅啦，誰知領（音len）教過三隻「鐵嘴雞」呢，對住一隻咁多「霸王雞乸」真係「濕頂（音den）叩頭」咯！

許老二　　聽落幾悲啫老何。

何弼臣　　老二，你知我份人生成好講嘢㗎。

許老二　　唔做「訟棍」嘥咗你啦老何，我估「大炮孫」翻生都唔夠你把嘴好似石灣「浪」（上聲）過油（音柚）嘅呀。

何弼臣　　喱頂高帽又離譜啲、「笠」到落腳趾！「有麝自然香、何必東風揚（上聲）」呢？

許老二　　公道啲講句啦：「人和悅」舖面冇人「拗」得贏你嘅。

何弼臣　　嗽就係即是係吖老二，你問我班老友呢，就話我好口才，「一言興邦一言喪邦」。之照我班女睇呢，就話我係「長氣袋」咋。

許老二　　咁陰功？唔係啩？

何弼臣　　唔係「瓜」就「菜」嘞。（轉身）老二呀，佢哋睇小我「倒吊冇滴墨水」，句句頂到我「行」。我又咗落泥氹喇 —— 賤過地底泥夾冇得「蒲頭」喇，我腸瘌肚「橙」嘅仔女都騎過我頭喇！

許老二　　講到「唔自量」喱味嘢呢，女人係「盟塞」過男人㗎。

何弼臣　　男人數到最蠢嗰個呀，女人都仲未有耐（上聲）起首。

許老二　　要「開硬弓」至管得住佢哋㗎老何。

何弼臣　　我周時「惡屎能登」嘅吠佢哋嘅喇。

許老二　　吠女人要因住喎老何，「無聲（音腥）狗」先「咬死人」嘅，「聲大」就「冇準」咋嘛。即係打仗一味擂響個鼓而唔「跼鐵」一樣咁戇居！所謂「郎心如鐵」嘅至治得掂女人㗎。

何弼臣	我乜嘢「了(上平聲)哥」都出齊晒嘅喇,「冚唪呤」輸清夜光。我都冇符命。(搖頭)
許老二	噉你唔使再吠佢哋嘞,嫁晒佢哋出門啦。(立起)
何弼臣	使你教麼?揾頭主嗰樣難呢。
許老二	周街都係男人,睇你係咪要揾「再世潘安」嘅嗻。
何弼臣	我淨係想揾啲「好相與」嘅後生哥啫老二。
許老二	你咪咁「眼角高」、「年晚煎堆」得過且過啦,老何,你有成三個女要揾老公嘑。
何弼臣	兩個咋,老二,兩個咋。
許老二	兩個?
何弼臣	惠娟同玉娟响間舖庶「賦生招牌」嘅啫。不過美娟咁幫得手,就「老虎蟹」都唔放得手㗎。橫掂佢都「摽梅已過」咁上下啦 —— 我阿美娟。
許老二	大佢一半先至嫁嘅我都見過。不過你話唔計佢咯喎,就係兩名(上聲)啫。
何弼臣	嫁嘅一個先都得嘅喇老許。(往右)我睇出啲「嚱」妹有樣嘢好「橋」嘅。屋企做一單喜事,就好似「蘇蝦仔」做「麻仔」嘅 —— 惹開晒㗎。(繞椅往右後)
許老二	得吖,你想揾個男仔,要佢「好相與」嘅。都幾重皮嘅嘞,你知嗎?(坐櫃面前左椅)
何弼臣	(趨之)吓?哦,做喜事我會做得好好睇睇,唔會做「鐸叔」嘅。
許老二	你好「人史」,出手唔只嗰嘅,有「挺」嘢叫做嫁妝嘅呢。
何弼臣	嫁妝?
許老二	係囉,老何,你想做姜太公「釣金龜」,都要落兩個錢魚餌㗎。

何弼臣　　　嗽我咪直程唔鬼鈞囉。（坐下）

許老二　　　但係你頭先話——

何弼臣　　　「粉牌字」抹（上聲）佢啦，我係想清靜吓，不過有啲嘢貴過頭唔着買嘅。嫁妝喎，搞得掂嘅？

許老二　　　我心目中有個男仔嘑。

何弼臣　　　你自己諗埋佢啦老二，我勒實褲頭帶博博佢算嘞。嫁妝喎，你鋪話法吖！

許老二　　　你慳倒米飯嘑。

何弼臣　　　佢哋做返夠本略，兼夾有個大食嘅噃。

許老二　　　仲有人工呢？

何弼臣　　　人工？你估我會支人工俾自己啲女嘅咩？（立起往台右寫字枱）我唔係「賑」嘅。

許老二　　　嗽「冚唪唥」拉倒呀？（立起）

何弼臣　　　（轉身）老二，你一「噙」咗嫁妝嗰兩個字嗰陣就乜都「硬晒呔」啦。嚟啦，一齊去「人和悅」「dab」返杯，唔好諗世界上有女人喇「嘅」（上聲）嘢啦。（取帽，按櫃面鈴）睇舖！睇舖！（美自台右上）我去街喇美娟。

美娟　　　　（留在門旁）一點鐘開飯呀，記住喇。

何弼臣　　　我幾時返到入嚟就幾時開飯，我係事頭。（欲離）

美娟　　　　知喇爹，一點鐘喎。

何弼臣　　　（氣結）行喇老二。

許與何出街門下。美轉身向右門內說話。

美娟　　　　點半鐘開飯啦「妹（上平聲）豬」，俾多半個鐘頭佢啦。（閉門，移扶手椅向中，往開掀門）阿威，上嚟。

威上，露半身。

莫威　　　有乜事呀美娟姑娘？

美娟　　　(在掀門左)上嚟，閂返道門，我有嘢同你講。

威不願地如命。

莫威　　　下便好多工夫等住做喋。

美指掀門，威關之。

美娟　　　阿威，俾對手我睇吓。

莫威　　　好「孻遢」喋！(猶疑地伸手)

美娟　　　係孻遢啲，不過好「叻馬(高音)」嘈。整皮樣(上聲)嘅手藝成
　　　　　間舖頭右人夠你叻喋。邊個教你喋阿威？(捉威手不放)

莫威　　　吓？美娟姑娘，我响喱度學師嘅。

美娟　　　「何弼臣鞋舖」教唔出你噉嘅造鞋手藝嚕。

莫威　　　我右第個師傅咯。

美娟　　　(放下其手)亦都唔使搵啦。你係天生嘅造鞋天才。可惜第啲
　　　　　嘢你就通通係天生蠢材。

莫威　　　我除咗造鞋右樣得嘅，事實係吖。

美娟　　　你幾時唔打「何弼臣」工呀？

莫威　　　唔打「何弼臣」工？我 —— 我右做錯嘢呀。

美娟　　　你唔想扯咩？

莫威　　　唔想。我成世都係响「何弼臣」，除非俾人「糴」嘅啫，唔係
　　　　　我都唔想扯。

美娟	我都話咗你係蠢材嘅啦。
莫威	噉我都算係「愚忠」吖。(譯註:如太clever,「愚忠」可改為「忠心」)
美娟	「忠心」?「忠心」值幾錢斤呀?你唔想上進嘅咩莫威?你聽倒洽和符夫人點講嘅啦,你知你揸幾銀人工㗎(音假),你又知好似你嗰啲嘅手藝响上環啲大間鞋舖值幾銀人工嘞。
莫威	咪拘,去嗰挺大間嘢做喎,「阿崩咬狗蝨,唔死得排慌」。
美娟	係乜嘢咁值得你留戀依度啫?係唔係 ── 啲人呀?
莫威	我都唔知㗎,我慣咗响度囉。
美娟	噉你知唔知喱盤生意靠乜嘢企得穩呢?兩樣嘢:一係你造出嚟嘅靚鞋,靚嘢自然好賣,第二樣係人哋造嘅「曳」鞋,靠我推銷嘅。我哋係「最佳拍檔」嚟㗎,莫阿威。
莫威	係嘅,美娟姑娘,人人都話你响舖面係「正印花旦」嚟嘅。
美娟	而你响工場就係「大佬倌」。所以呢?
莫威	所以點呀?
美娟	我睇面前擺到明得一條路啫。
莫威	係乜嘢呀?
美娟	細佬,你由得我一個人(音因)「唱獨腳戲」噃。
莫威	我都係返落去做工夫嘞,美娟姑娘。(欲往掀門)
美娟	(止之)我講完你至准返落去。我睇咗你好耐嘅嘞,睇落樣樣都合晒我心水,我睇你好啱我噃。
莫威	啱乜嘢呀美娟姑娘?
美娟	莫阿威,你係我嘅「理想對象」。我「聽」咗你六個月頭咯,遲早要「爆」出嚟嘅。

莫威	不過我冇——
美娟	我知你冇，唔係就唔使要我講埋你嗰份啦。
莫威	我——我要坐低先喇。（坐扶手椅，抹額）我覺得唔知點嘅，你想將我點呀？
美娟	想打本落你度囉，你係一單好有「生意眼」嘅「筍嘢」，只不過喱一單係一個「生咬（上平聲）咬」嘅男人嘅樣嘅啫。
莫威	我冇「生意眼」喫。
美娟	我有吖。我嘅頭腦加埋你雙手，就係一對「同捞同煲」嘅好拍檔。
莫威	（立起，放心）拍檔！噓，嗰又唔同，我仲以為你想「監」我娶（音草）你喺。（移台後）
美娟	係喎。
莫威	（坐櫃枱前）吓，「咁過癮」！你係「太子女」喎。
美娟	或者就係因為嗰呢，莫威。（往台後）或者我對住老豆對到怕呢，而你同佢就啱啱「差天共地」嘅完全唔同。（坐威左）
莫威	嗰似乎「戀居」啲喎。
美娟	靚仔，「我出對（音隊）頭」你又唔「出對尾」。喱啲嘢有乜「戀居」啫？
莫威	你嘅樣同我講嘢法囉。
美娟	我話你知吖威，係「壞鬼女人」至「乃乃閒」嘅「攤」響度，由得最好嘅機會「走晒雞」嘅。喺香港地過日子要「打到埋身」嘅，唔敢出聲就「執輪行頭慘過敗家」嘅喇。
莫威	我係你嘅「最好機會」？
美娟	之唔係囉阿威。
莫威	哈，「咁過癮」！（立起）我從來冇諗過喎。

美娟	而家諗都唔遲吖。
莫威	諗緊嘅嘞，不過咁突然一棍「毆」(去聲)埋嚟，我仲未想清楚，美娟姑娘，我一向好尊重你嘅，你身材又生得夠「勻循」，喺舖面賣嘢又咁醒，之不過講到「做人世」呢，我「依撈七」都要話你知：我冇鍾意過你㗎。
美娟	我都未問你，你咁「猴急」做乜啫？(立起)我要你揸住我隻手，應承同我一齊過埋喱一世，好好醜醜，「得快活時且快活」(/得風流處且風流)囉。
莫威	大姑娘，我同你都冇感情，點會快活(/風流)喎。
美娟	我對你有感情吖。
莫威	你有我冇囉，坦白講吖。
美娟	噉我哋咪食少味餸囉。
莫威	你好似「依撈七」事在必行噉㗎。我就「冚唪吟」一頭霧水，你老豆會點話吖？
美娟	佢實多多嘢講嘅嘞，任得佢講啦，對我冇影響嘅。
莫威	最好唔好同佢反面啦，唔值得嘅。
美娟	值唔值得我自己有分數，你要娶我㗎威。
莫威	唔得哩，唔娶得，真係唔得㗎美娟。我知我噉樣係搞喎晒你嘅大計，不過我真係求吓你唔好諗喱樣嘢。
美娟	「噬蓋」(譯註：台山話「細佬」)，我嘅大計唔係愛嚟俾人搞喎嘅。
莫威	事實上最鬼死「戀居」嘅就係我「成」咗人嘅嘞。
美娟	你咩嘢話？
莫威	我「成」咗阿馮帶弟囉。

美娟	噉你就快趣啲「斬咗纜」佢，馮帶弟係邊個？我識唔識佢㗎？（移左然後轉身）
莫威	我响佢阿媽庶租個床位嘅呢。
美娟	死妹釘「起我尾注」咁「陰濕」！係唔係挽飯俾你嗰個黃毛丫頭呢？（往台中）
莫威	阿帶弟啲頭毛（上平聲）係就係黃黃地，係佢囉，就嗾殺到嗻㗎喇。
美娟	我都殺到嗻咯。我要同喱個帶弟「三口六面」講，我第一眼就睇出佢乜嘢「身私蘿蔔皮」嘅嘞，佢係個「廢柴」嗾啫。（轉向左）
莫威	佢要有個人保住佢嘅。
美娟	就係靠噉「馬」住你囉，係咪呢？（轉往中）係，我諗都諗得倒佢係噉攬住你條頸，好似個「秤砣」噉，等你以為自己好夠「蹼」（上平聲），不過我話你知吖細佬，要搵到「你」噉嘅人嗾保住佢嘅壞鬼女人，直程係「衰到貼地」嘅。
莫威	帶弟旨意晒我㗎。
美娟	噉就知佢有幾多斤兩啦，佢天生懦弱囉，喱個帶弟，你娶咗佢呢，就整定做死一世個八銀錢一日人工嘅造鞋佬，你會變咗一個奴隸（/妹仔）、一個心滿意足嘅奴隸（/妹仔）。
莫威	我唔覺我有乜大志啫。
美娟	冇，不過就嗾會有喇，我會整到你有大志。我「冚嗿吟」度好晒㗎嘞，實在你係有「把炮」做一個「大丈夫」嘅。
莫威	我陷望（上聲）你咪搞我啫。（坐台右）
美娟	隻烏蠅俾蠄蟧「周」住嗰陣都係噉望。你係我嘅人呀莫老威。（往寫字枱）
莫威	係，你就噉話囉。之不過阿帶弟有第支歌仔唱呢。

馮帶弟自街外上，並非「戇居」，而是二十歲軟弱小志的少女，穿布鞋衫褲，挽飯菜格走前遞與威。

馮帶弟	（台中）食晏畫啦威。
莫威	唔該晒呀帶弟。（立起）

馮轉身欲離，見美擋之。

美娟	我有嘢同你講，你踩親我嗰「嚹」妹。
馮帶弟	我？何小姐？（笨拙地看美腳）
美娟	你同佢嗰筆點樣呀？
馮帶弟	（滔滔不絕）哦，何小姐，你都睇得出就最好啦──
莫威	帶弟呀，佢──
美娟	你收聲，喱單嘢我同佢自己搞掂，你睇真吓佢吖帶弟。
馮帶弟	阿威？
美娟	（點頭）冇也嘢值得兩個女人爭嘅喳，係冇？
馮帶弟	佢個「嘜頭」或者冇也「睇頭」，不過你真係要聽吓佢「玩嘢」呀。
美娟	「玩嘢」？你「吹啲打」嘅咩威？
莫威	我玩秦琴（上聲）嘅。
美娟	佢就係睇中你喱味嘢係嗎？一個玩秦琴嘅懵佬。
馮帶弟	我越睇佢就越鍾意呀，何小姐。
美娟	真係好笑嘞，我都係噉話喎。
馮帶弟	你！
莫威	我咪就係想話你知囉，帶弟，仲有呀──仲有啲「過癮」嘢，你因住呀，佢想响你度「撬」咗我去呀。

美娟	所以到目前為止我哋「半斤八兩」啫帶弟。
馮帶弟	嘅就對唔住嘞，你遲咗開聲喇，阿威同我訂咗婚咯。(挽威臂)
美娟	喱啲係過去嘅事，我係睇將來嘅，你對於將來有乜諗頭吖？
馮帶弟	你顧掂自己嗰份啦何小姐，莫阿威嘅前途唔關你事。
莫威	我自己咪噉同佢講囉，弊在佢話噉係有鬼用嘅呢。
美娟	一厘用都冇，我問咗你對阿威嘅前途點諗法嘅啦，如果「似樣」過我諗嘅，我就話你叻晒，任(音飲)你愛咗個「嘅」仔啦。
馮帶弟	我信得過佢會做到好好前途嘅。
美娟	十足我估你一樣咁衰，阿威，你一於娶我啦。
馮帶弟	(軟弱地)「明火打劫」呀。(略移左)
莫威	帶弟，乜你爭我就係「打住咁多」嘅咋？你咪即係雙手奉送我俾佢。
美娟	莫威，响喱間舖頭度你要聽我吩咐。我話咗叫你娶我嘅啦。
莫威	睇嚟走唔甩咯。(坐扶手椅)
馮帶弟	(怒)衰仔，等到我「秤」到你返屋企呢，我實揾阿媽嚟收拾你。
美娟	哦，原來係佢阿媽主使喱頭婚事嘅咩？
莫威	佢點只「主使」咁少嘢呀。
美娟	我冇阿媽嚇威。
莫威	你都唔使吖。
美娟	好啦，馮姑娘，使唔使我賣返對屐過你，等你「有鞋挽屐走」呀？
馮帶弟	唔買，乜都唔買。
美娟	噉你嚟度即係「冇乜交易」啦，係冇？(往開街門)

馮帶弟　　（走向威）阿威，你就噉睇住人哋「攞」我扯係嗎？

莫威　　　間舖係佢㗎帶弟。

馮帶弟　　你即係話我就噉就走囉喎？

莫威　　　佢係噉意思吖。

馮帶弟　　冇陰功呀。（走向門）

美娟　　　「賣仔莫摸頭，摸親眼淚流」呀，最好話分手就分得「撇撇脫脫」，唔好「fee（下平聲）lee（上平聲）fat let」。

馮帶弟　　我唔係「fee lee fat let」，我亦都唔分手。今晚到我阿媽出馬嗰陣時，佢就「喊得一句句」嘞。（作勢欲趨威）

美娟　　　講夠嘞。

馮帶弟　　（差不多尖叫）莫威，我話你知，今晚返歸你實有大把嘢聽。

馮下。

莫威　　　（立起）美娟呀，如果你冇乜所謂嘅呢，我真係情願娶帶弟㗎。

美娟　　　點解吖？因為佢阿媽？

莫威　　　阿馮四嫂呀，出咗名「嗌通街」嘅，佢鬧人鬧得好毒㗎。

美娟　　　你驚佢呀？

莫威　　　（猶疑）係呀。

美娟　　　使乜驚啫。

莫威　　　鞋，你未見過佢啫，今晚我返到去呀，佢實「噴」到我「一面屁」呀。

美娟　　　你今晚咪返去囉。

莫威　　　咪返去？

美娟	你唔再租佢個床位囉，收咗工你就去豬髀庶屈住蛇先，等阿豬髀去馮四嫂度拎返你啲嘢咪得囉。
莫威	噉我以後都唔返去包租婆嗰度咯噃？
美娟	冇錯。
莫威	真係好似發緊夢嗽呀，哈，美娟，你真係乜都度掂晒噃。（開掀門）
美娟	豬髀去咗幫你執嘢嗰陣，你不如順便去搞埋响「新聞紙」度登我哋嘅結婚啟事啦。
莫威	結婚啟事！我仲未係幾慣諗喱味嘢。（落下一步）
美娟	有三個禮拜俾你慣。依家你可以錫我一啖定情嘞威。
莫威	喂，噉好似「監人乃後」啲噃，即係話錫一啖就「成交」囉噃。
美娟	係囉。
莫威	我都未應承，我──
美娟	嚟啦。（玉及惠自右上）照我話噉做阿威。
莫威	依家？當住佢哋面？
美娟	係囉。
莫威	（稍停）我做唔出呀。（竄下掀門，奔地牢，閉掀門）
玉娟	阿威佢整乜鬼啫？
美娟	佢些少唔自在啫，事關我話佢知佢要娶我做老婆吖嗎。煮好飯未呀？（往左寫字枱）
玉娟	你要嫁俾莫威！莫阿威！
惠娟	你「靜雞雞」冚(音kum)密晒喝，大家姐。
美娟	你哋都係同阿威咁上下時候知啫。

惠娟　　　哈，我都唔知乜頭乜路！

玉娟　　　我知吓，你唔好意思(音試)照直講咩，我唔怕死嘅。嗱，老老實實呀大家姐——(移左中)，你嘅做累埋我哋嚼，如果你以為我會肯叫莫威做「姐夫大(音歹)」你就大錯特錯嘞。

美娟　　　乜佢有乜嘢失禮你咩？

玉娟　　　你問吓阿爹有冇失禮吖嗱，你諗吓我嗰份至得㗎，我一心等緊包小詩嘅，你就整單嘅嘢嚟「扠嗰」我。

美娟　　　包小詩自己搞得掂嗰陣你咪嫁倒佢囉，佢起首使少啲落去買威衫、「林文煙花露水」、同「哋(上平聲)梨(上聲)頭蠟」嗰陣就會掂嘞。(往台右)

何自街門上。

何弼臣　　好嘞，餐晏仔點呀？(往中)

現時位置：美右、惠右中後、何中後、玉左中。

美娟　　　兩個字鐘啉就食得嘞。

何弼臣　　你又話一點鐘嘅。

美娟　　　係吖爹，「一時恭候點半入席」吖嘛。你洗個面先就埋得位嘅嘞。

何弼臣　　洗乜嘢面吖，我唔興喱「嘅」「疴哥(上聲)」嘢嘅，你唔係唔知嘅啦。(坐櫃枱前)

惠娟　　　阿爹，你聽倒我哋阿大小姐單新聞未呀？(往右中前)

何弼臣　　新聞？冇乜新聞呀！之唔係「舊肴」嘢嗰段古：「白霍」囉。個「伯爺(上平聲)」身水身汗捱返嚟嗰餐晏，你阻頭阻勢要佢捱肚餓係嗎？等我鬧醒你，我要——(立起)

美娟	你咪咁快發火住啦爹，等阿惠娟講埋怕你會仲「慶」啲噃呀。（往右後）
何弼臣	阿惠娟做過啲乜嘢㗎？
惠娟	冇呀，我係話莫威呀爹。
何弼臣	阿威？
玉娟	係囉，你覺得阿威份人點吖？
何弼臣	幾好仔吖，佢冇乜得罪我吖。
玉娟	噉你鍾唔鍾意佢做埋一家人(/「對親家」)吖？
何弼臣	咩嘢一家人(/「對親家」)呀？（往中前）
惠娟	同你一家人囉。
美娟	我要同阿威結婚呀爹，佢哋「嘈嘈震」就係話喱樣囉。
何弼臣	你——嫁——莫威！（走向美）
美娟	你睇死我嫁唔去，實在(音宰)唔係，係噉啫。
何弼臣	你聽唔見我話，講到揾老公喱層呢，要由我嚟揀咩？
美娟	你話我「蘇州過後」揾唔倒老公吖嗎。
何弼臣	你係嘛，你係嘛。
惠娟	爹呀！
何弼臣	（往中）你係唔係都好啦，一樣嘅啫，我何家唔招乜嘢爛鬼女婿嘅。
玉娟	（惠右、玉左夾住何）但係你話過——
何弼臣	我轉咗卦囉，我話完之後學精咗嘞，家陣時啲仔女對老豆要求多多嘅。我何家唔嫁女嘞。
玉娟	阿爹呀！

何弼臣	（逐二女）快啲去開飯俾我食、講少句。即刻去啦，我家下唔多「老脾」，千祈咪頂我吓。

逐玉與惠，二人大聲抗議中下，何欲隨而美擋之及閉門，直視何。

美娟	你同我「二口六面」講清楚佢喇爹，你精我亦唔「吘」，有嘢就搞清楚晒好過拖泥帶水嘞。
何弼臣	我話你知我「立寶心腸」嘅嘞，你唔嫁得莫阿威，點得啫傻女，佢老豆係踎「善堂」嘅「大炮」友，「沙（下平聲）沙滾」啊流咋。（往中）
美娟	乜我哋响西營盤算做「白鴿眼」嘅咩？真係新聞嗰。我要莫威，我要為我嘅終身打算，仲係好好遠景嘅㗎，你諗真吓啦。
何弼臣	若果我准你噉做，我俾人笑到面都黃㗎。冇得傾㗎美娟，你嗰嘅年紀嘛直程講出嚟都唔好聽啦。
美娟	我三張啫，我一於要嫁莫威嘅嘞，依家我同你講吓我嘅條件啦。
何弼臣	你有屁資格講條件咩阿女。
美娟	你要照支我老公莫威而家嘅人工，講到我嗰份呢，我犧牲咗二十年嘅大好青春幫你白做，從今以後我一日做八個鐘頭，你要俾返個半銀錢一日人工我。
何弼臣	你當我會「屙金」㗎？
美娟	若果你放咗阿威走你就乜都冇得屙㗎，而且阿威走就我都走嘅喇，你要「抵得赤」先至好。
何弼臣	「赤」咪「赤」，美娟，請伙記好平啫。
美娟	「平嘢唔好、好嘢唔平」囉，請埋啲你要一日「眅」住佢嘅，仲要幫埋佢手包嘢縛繩，等阿「諸事喱」呀、許老二呀、「喳

啤」綿佢哋响度飲勝又有你份，嗰陣你就好玩嘞。我對你好有價值、我個男人都係，你仲可以响「人和悅」度「晒命」，話你個女嘅姻緣係五十年來最不平凡嘅美滿良緣。嘩，「吟」（音um下平聲）吓個荷包、照我嘅主意噉做啦。

何弼臣　而家輪到你睇我嘅主意點喇美娟。（揭掀門大叫）莫阿威！（脫帽放櫃枱，取雞毛掃）我唔「fit」得你、「乖」女，你係女人、「奉旨」嘅，不過我「fit」得佢嘅。莫威，上嚟。

威上，關掀門。

何弼臣　聽講話你「勾引」咗我阿美娟喎。（藏掃）

莫威　　冇呀，我冇「勾引」佢，有乜「勾引」嘢都係佢一手一腳做晒嘅咋。

何弼臣　阿威，總之邊個「勾」邊個都好，你都係「番薯跌落風爐該煨」嘅咯。你俾女色所迷行錯咗路，我有責任要帶返你入正路。（示掃）

莫威　　美娟，點解噉喫？（略移右）

美娟　　我睇住你喫「嚊」仔。

何弼臣　阿威你記住：我唔炒你魷魚。我個人唔記仇嘅，不過我要打醒你，「癲蛤蟆想食燒鵝肉」，「窮心未盡色心又起」，我朝朝見倒你帶住嗰手「色心」嚟返工呢，就「fit」你一身。（預備出手）

莫威　　你打唔甩我嘅乜「心」嘅，你噉做錯到離譜喇何（音可）伯，仲兼——

何弼臣　你唔想整花「浸」皮嘅，就死咗對我阿美娟條心，若果我喱支嘢俾你嘆得一個禮拜「度」（音賭）呢，睇跌（音鐵）打都睇到你窮呀。（揮掃）

35

| 莫威 | 我冇「猴」過你個美娟，係佢追我啫，不過我話你知呀何伯——（粗魯地捉美臂）你揾嗰支雞毛掃揩親我呢，我就馬上要咗佢，真㗎！仲同佢「糖黐豆」嘅㗎。 |
| 何弼臣 | 你嘅講嘢法呀、靚仔，我得「獨沽一味」嘅應你嘅啫。（以掃擊之） |

美退縮。

| 莫威 | 我亦係得一味嘅回敬返你啫。美娟，我仲未錫過你，先頭我縮咗沙，不過，「幾大就幾大，燒賣就燒賣」，我依家「啜」你嘞——（快而帶怒不帶愛地吻美頰，同樣快速離身面對何）仲要（音妖）你、攬你。若果何老細佢再遞起支雞毛掃呢，我仲大把嘢做得出㗎。我馬上同你一齊行出喱間舖，我哋兩個自己揾世界。一碗飯最多兩份食，一張被最多兩份冚啦！ |
| 美娟 | 阿威，我一早知道你有嘅嘅料嘅，「老公仔」。（雙臂環威頭） |

威無甚反應，雙手軟垂身邊。

何驚愕而不知所措地呆立。

幕下

第二幕

一月後，景與第一幕同。時約中午。

玉據美之寫字枱，攤開數本帳簿，惠坐櫃位後看書。地板掀門開着，王立玉桌旁。

玉娟	我真係唔知吩咐你做乜好哩，豬髀。
王老大	玉娟姑娘，都「陷」冇嘢上門(上聲)點開工㗎。我哋咪「曉」(上聲)起晒手囉。
玉娟	鞋，阿爹唔响庶我都冇符㗎。
王老大	若果佢返到嚟，見倒我哋响工場「曉」住手唔做嘢，實「吹鬚碌眼」啫。
惠娟	嗽咪搵啲嘢做吓囉，我哋又冇唔准你做。(立起往台右)
王老大	(轉向她)之不過你哋亦都冇交帶我做乜弊呢。我哩份係應份問舖面攞「柯打」嚟嗎。
玉娟	我都唔知叫你做乜至啱，都好似冇晒人想訂造皮鞋嘅嘅。
王老大	哩個月頭啲上客生意好似「石沉大海」嗽「一落千丈」。之嗽，你鍾意嘅我哋可以係嗽造住多啲布鞋上倉先嘅。
玉娟	嗽你就造啦。
王老大	你都知淨係靠賣布鞋，賺埋得「雞碎」咁多，都唔夠交舖租，慢講話支伙記人工嗽嘞，之不過既係阿玉娟姑娘你吩咐話造布鞋囉喎 —— (走向掀門)
玉娟	係你出主意嘅。

王老大	我「發牙痕」噏咗句咋。(開始下地牢)不過我唔係嗰「挺」莽撞人，事頭問起我唔負責喫。尤其是自從美娟姑娘扯咗之後佢咁鬼唔好「老牌」嗻。
玉娟	俾你激到我「猛(去聲)跳」呀，嗽若果阿美娟姑娘响度又會吩咐你做乜吓？
王老大	喱樣我又唔曉講嘴二姑娘，我淨係諗返起佢响度嗰排未試過咁淡嘅。
惠娟	又話自己係「多計(音偈)」嘅工頭，都唔多幫得手嘅。
王老大	你吩咐咗我要做乜嘢，我就自然會出計仔嚟度掂佢嘅嘞。
玉娟	嗽就一於去整布鞋啦。
王老大	係你吩咐啦嗎？
玉娟	係喇前世。
王老大	嗽就唔該晒啦玉娟姑娘。

王下地牢，閉掩門。

玉娟	(立起往左後)我都唔知做得啱唔啱。
惠娟	喱「瓣」閣下嘅事喇。
玉娟	理佢死人啦，應份係阿爹佢坐鎮响度，交帶佢做乜嘢工夫喫嗎。
惠娟	大家姐素來唔使佢咪一樣掂。
玉娟	哦，好吓，「jer」住我吓，喱檔嘢「冚唪呤」「亂晒坑」都「賴」晒我啦。(回寫字枱)
惠娟	我有「賴」你，你知我都知：一日都係阿爹嘅錯，依家佢應份自己打理返盤生意嘅，佢就踞「人和悦」仲踎耐過往日，嗤晒啲時候。不過你都唔使咁「振雞」對我略。

玉娟	我自己想「振雞」嘅咩？(坐下)咪喱啲衰鬼數整到我「㨿(上聲)憎」晒囉，計極都唔啱數嘅。十七打埋廿五共成幾多呀？
惠娟	(應聲作答)梗係五呀二啦。
玉娟	係咩？條數唔對囉。唉，我幾恨嫁鬼咗去甩晒身呀！(合上帳簿)
惠娟	我都係嘅話。
玉娟	你！(立起)
惠娟	你估淨係得你「十月芥菜」咩。
玉娟	哈，「密實姑娘假正經」嘅何惠娟，一路「靜雞雞」粒聲唔出吓。
惠娟	好彩冇出聲至冇咁醜咋。依家俾大家姐害到我哋「寡母婆死仔——冇晒望」囉。你慌會有人爭住同莫阿威做「老襟」咩。

美上，邊時發及威後隨。美與威行將結婚，然衣着並無顯示，只是不穿舊衣而已。邊比二人時髦，雖然只是日常衣着。雖性格不強，然為體面商人之體面兒子，外表果然值得吸引惠。威甚羞怯，留在左中近櫃面。

玉娟	大家姐，你呀！
美娟	我諗不如入嚟企企啦，惠娟，阿邊「腥」話我知：乜原來你同佢「行」緊咩？
惠娟	(慍怒)佢自己「鬼拍後尾枕」，穿晒煲你咪知囉。
邊時發	(在櫃枱左，笑着)佢迫我招供嘅咋，惠娟。
惠娟	我唔多明喱單又關你乜嘢事嘛，大家姐。

現時位置為惠右、美右中、邊中、威左中後、玉左中前。

美娟	照我聽講阿爹喱排點樣子，你兩個靠自己做唔倒乜嘢出樣(上聲)咋嘛。
惠娟	一日都係你囉，你同佢囉。(往櫃枱後，指威，威在後欲覓地洞消失)
美娟	(尖銳地)咪提啊筆先，我係嚟幫你嘅、如果你肯俾我幫嘅話。

惠欲拒，但——

邊時發	你真係好「人史」嘅嘞，美娟小姐，真係㗎。你阿爹變到好惡相與呀。
美娟	我都估數佢會變嘅嘞。玉娟，你個「後生哥」今朝仲未嚟咩？(往寫字枱)

邊趨惠，凭櫃面與她喁喁細語。

玉娟	我個「後生」——
美娟	包小詩呀。
玉娟	未到。
美娟	你係咪「聽」緊佢吖？
玉娟	佢嚟少咗好多咯，自從你同莫威佢——
美娟	(尖銳地)自從幾時話？
玉娟	自從你「監」佢買咗佢唔想要嗰對鞋囉。
美娟	(往中)哦，佢嚟人哋舖頭度「疏肝」又唔願俾錢呀。好啦，若果佢唔係嚟嘅，就要使人揾佢嚟喇。「包包包律師樓」吖嗎，「先施」樓上係嗎？

玉娟	係。小詩咪第三個「包」囉。
美娟	(往台右後)係咩?都算幾「大粒」嘢可。嗽阿邊「腥」你去搵佢好唔好?叫佢帶埋份「訟(音狀)紙」嚟吖。
惠娟	(不滿地重重坐右後)你都幾識使人嘅嘢。
美娟	我慣咗啫。
邊時發	「冇傷肝」,惠娟。
玉娟	「冇傷肝」?若果阿爹撞返嚟,見到小詩同發仔喺度點算呀?
美娟	佢唔會嘅。
玉娟	佢經已過晒鐘數咯嘢。
美娟	我知吖。玉娟,自從我扯咗之後,你梗係好「關心」阿爹定嘞。(往左趨玉)
玉娟	你點知呀?
美娟	邊「腥」你話佢知啦。
邊時發	係嗽嘅,何伯佢唔返得倒嚟住,因為佢依家喺我哋嗰度。
惠娟	响你間麵粉廠度?阿爹去你度做乜呀?
邊時發	佢 —— 佢瞓緊覺(音教)呀惠娟。
玉娟	瞓緊覺?

威坐櫃枱前椅上。

邊時發	你知啦,我哋地牢個貨倉,有隻「天窗掩門」開响騎樓底嘅,你阿爹佢 —— 冇乜睇路行囉,又錯腳跌(上聲)落去囉。
惠娟	跌落去?阿爹跌傷咗呀?(趨邊)
邊時發	佢扯鼻鼾扯到「腳腳」聲,不過冇跌親,佢跌正落啲麵粉袋面頭。

美娟	而家你好去揾包小詩喇。

邊往左街門。

玉娟	就係講住咁多我哋知咋(下平聲)?
美娟	阿發仔未見倒佢個律師之前,係得咁多好講啫。
邊時發	(向惠)我唔使好耐返嘅咋。
美娟	千祈唔好耐呀,你返到嚟我有第單嘢俾你做㗎。

邊下。

玉娟	大家姐,我唔知你有咩嘢企圖,不過——
美娟	我同你唔同嘅就係我知清楚晒我嘅企圖,我時時都知。(往左)
惠娟	(指威)你啲企圖好古怪囉。(往櫃枱後)
美娟	(趨威)我自己搞得好掂,家下我就係嚟依度幫你哋搞掂埋你哋嗰份。阿爹叫咗你哋去嫁,你哋又唔爭氣。
玉娟	佢變咗卦吖嗎。
美娟	我唔容許人哋變卦嘅。佢揀咗行邊條路嘞,佢話「嫁」,噉你哋咪「嫁」囉。
惠娟	你知嗎,你搞到我哋好難嫁得出嚟。
美娟	你係話阿威?
莫威	唔關我事㗎,惠娟姑娘,真係唔關我事㗎。
美娟	阿威,你叫佢「惠娟」得嘞。
惠娟	唔得,梗係唔得啦。(坐右)

美娟	佢都係「自己（音基）人」咯，起碼就嚟係啦，兼且我話你知呀，你若然係要你個阿發嘅、你又要同小詩嘅呢，你哋就要尊重我個阿威。
玉娟	莫威係我哋往日嘅造鞋伙記之嗎。
美娟	往日係，過去嘅嘢你哋免提嘞。佢而家唔衰得過你哋，怕者好過㗎。
莫威	噉又未，阿美娟——
美娟	我話好過，佢哋喺舖頭賣貨之嗎，你係自己「揸大旗」做老闆嘛，唔係咩？
莫威	我鬆咗個名喺窗門度，不過我唔敢話算唔算係做老闆。
美娟	（取出名片，往左前趨玉）喱張係佢嘅卡片：「香港西營盤正街卅九號A地下，莫威靴鞋店。莫威——造鞋師」！就係佢嘞，你哋好福氣可以叫佢名，仲有呀，我唔只俾你哋叫佢名，仲有大把嘢「帶挈」你哋㗎。你哋去同未來姐夫大（音歹）揸吓手啦。
莫威	（立起）唔好嘅美娟，揸手喱味嘢我都「唔在行」嘅。

惠與玉大愕。

美娟	（澀然）我知吖，練熟手啲又唔會死嘅。嚟啦惠娟。
玉娟	（插入）不過，大家姐呀……你自己嘅舖頭——
美娟	（沉着臉）我「聽」緊呀惠娟。
莫威	我睇你都係唔着「夾硬」「監」佢嘅美娟。
美娟	你收口。（橫過台右趨惠）
玉娟	不過你點「發圍」㗎？啲本錢响邊度嚟㗎？
美娟	總之嚟咗啦，阿威，企定，佢就嚟諗定就郁手嘅嘞。

莫威	我都係情願唔使麻煩佢咯。
美娟	「嚦仔」，麻唔麻煩都好啦，你一定要企穩你响喱個家裡頭嘅地位。
惠娟	我真係唔順：點解梗要你「拗」贏嘅呢。
美娟	我慣咗係嚟嘅，快啲嚟啦惠娟，我今日大把嘢做喋，你就响度阻住晒成台戲。
惠娟	我實在「唔忿氣」喋。
美娟	你咪「唔忿氣」到夠囉，總之揸手啦。

惠上前握威手，威頗樂為之。惠回右後怒氣地掃右櫃塵。

美娟	輪到你喇玉娟。
玉娟	大家姐，若果你肯幫我搞掂喱盤數我就制。
美娟	盤數？阿爹要你做咗我嗰份呀？（往左中）
玉娟	係囉。
美娟	噉佢就「陸雲廷睇相」咯，你盤數與我無關嘛。
玉娟	我仲估你會幫吓我嘅大家姐。

惠回顧威。

美娟	你仲問？玉娟？真係「牛皮燈籠點極都唔明」。「同行如敵國」吖嗎。擺盤數「揚」（上聲）晒俾第間舖個對頭睇都有嘅？你應該識得避忌嘅啦。阿威等緊喋。出力揸吓手啦。
玉娟	好啦。（往中握威手，再回左）
莫威	哈，估唔到後生大姐仔隻手好揸好多嘅喎。
美娟	你咪「起痰」呀細佬。（趨之）

玉娟	好啦，你「gur」（下平聲）晒啦嗎大家姐。又「拗」贏一「仗」咯。家下都怕肯話我哋知：你返嚟舖頭有乜好關照喇啩？
美娟	哈？你想推銷啲嘢俾我呀？
玉娟	我係問你，你返嚟係想點？
美娟	我話咗你聽嘅啦，阿威同我專登開少日工，都係為咗同你哋「拉埋隻天窗」啫。
惠娟	（往櫃枱後）乜開工嘅日子你哋仲可以着住「飲衫」通街行呀，照噉睇你間新張舖頭啲生意都係「麻麻地」啫。
莫威	我哋今日唔係開工呀，係結婚呀。
玉娟	你哋今朝早結咗婚嘩！
美娟	未。（往右）我結婚梗要班埋啲妹觀禮㗎嗎。係定咗晏晝一點鐘，响「鹹魚欄」「潮商禮堂」。（坐右）
惠娟	但係我哋唔可以丟低間舖㗎。
美娟	點解唔得？乜好好生意咩？
惠娟	唔係，不過 ——

威坐櫃枱前。

美娟	你哋家陣時冇咁多上客生意囉可？
玉娟	你點知㗎？
美娟	我「合指一算」算倒吖嗎。你哋跟埋去睇我行禮都唔慌蝕得去邊啦，我仲預咗你哋今晚嚟我度飲返杯㗎。
惠娟	噉即係要我哋贊成你頭婚事咯嘑。
美娟	贊成咗啦，你哋都同新郎哥揸咗手咯，一於跟埋嚟啦，阿爹家下响嗰度好穩陣嘅。（立起往左）

玉娟	嗷間舖呢？
美娟	豬髀睇舖咪得囉。呀，我醒起嘞，你哋真係有樣嘢賣得俾我。惠娟呀，嗰個櫃桶有「拃」戒指嘅可。
惠娟	「銅」戒指？
美娟	係囉，我要一隻。喱個「嘥史」。（舉手指及趨櫃枱）
惠娟	嗰「挺」！你唔係話愛㗎——（取戒指盒放櫃面）
美娟	你估得啱，阿威同我係唔捨得亂「掏」錢，不過應使得使，戒指四毫子隻吖嗎。收錢啦惠娟。（放下錢，試戴戒指）
玉娟	搵「朱二盛（音醒）」做結婚戒指！
美娟	喱隻啱嘞，合晒「合尺」。玉娟呀，喱單你未入數嘛。唔怪之得你做數會「頭赤」啦，原來你咁「㩒西」嘅「病」。（往左中前，放戒指進手袋）
玉娟	我俾你嚇到「失魂」，唔醒起要入數囉，搵隻「現買」（高音）嘅戒指！
美娟	戒指梗係要是但搵度買㗎啦。
惠娟	哈，如果我要戴隻噉嘅戒指㗎出嫁，我就覺得「醜過遊刑」咯。
美娟	做人嘅嘢，米缸唔夠米煲飯咪要煲粥囉。
惠娟	計我就話幾大都要餐餐係飯至好食。
美娟	你嗰餐飯我估要「大魚大肉」噓啦，「住洋樓養番狗」，仲成屋新傢俬噓。
玉娟	你冇置傢俬嘅咩？
美娟	置嘅啲啦，响「雀仔橋」雜架攤度執住啲先囉。

坐威左。

玉娟	我就情願梳起唔嫁，都唔肯搬埋晒人哋「扰」(音dum)出街嘅「爛銅爛鐵」(/爛枱爛櫈)擺响自己間屋度嘅。大家姐，你仲顧唔顧面㗎？
美娟	我自己出嫁，唔係為咗帶挈傢俬舖發市嘅，惠娟，我估你提到二手貨都係「唔埋得鼻」嘅啦？
惠娟	我就一於要嫁得好好睇睇，唔係就唔嫁。(往左寫字枱)
美娟	嗽你哋兩個實唔會反對我清咗閣仔啲嘢啦。(立起)我哋推埋架木頭車嚟嘅嘞。(推威)

威立起，脫上衣，小心放椅上。

惠娟	你樣樣都度到十拿九穩嘈。
美娟	係吖。上去啦威，我話咗你知攞邊啲嘅啦。
玉娟	等陣先。(往中)
美娟	去啦。(略移右)

威進後居。

玉娟	我話你知吓：若果你想「猴」返你舊時間房啲傢俬呢——(趨美)依家係我間房喇，你咪使旨意郁半條毛呀。
美娟	玉娟，我都估倒你會升自己級嘅嘞。不過我係話閣仔啫，上高有兩三張爛櫈、同埋一張冇晒彈弓嘅梳化，你唔係話我聽有邊件你愛㗎有用咁。
玉娟	你愛㗎都冇用啫。
美娟	阿威佢好好手勢嘅，今個晏晝佢會成日用晒嚟修整返好，等今晚你哋嚟食飯嗰陣坐得穩陣囉。
玉娟	你哋就係嗽鬼樣過世呀！用爛傢俬呀？(往左櫥窗)

美娟	係，响正街兩間「打孖」地牢度。

玉娟、惠娟　(同時)住間地牢！

美娟　「打孖」兩間呀玉娟。一間做前舖兼工場，一間做後居。

玉娟　哈，我就唔制嘞。

惠娟　我都咪拘啫。

美娟　我就合晒「合尺」嘞。等到第時我同阿威有錢過晒你哋兩個加埋嗰陣，諗返轉頭回味吓我哋點樣起家嘅，仲夠晒「酸甜苦辣」嚛。

威自右上，攜破椅開始橫過舖面。

惠娟　(止之)咪住先，阿威，(檢視椅)喱啲椅都唔係好「曳」啫。

美娟　你今晚揾張坐吓嚟睇過。

惠娟　嗱，修整返呢，喱「拃」櫈等我嫁咗之後擺响我個廚房度咪幾「四正」。

玉娟　係吖，我都啱使啫。

美娟　之不過我諗我個「客廳」緊要過你哋啲「廚房」啩。

惠娟　「客廳」！你咪話你得一間前舖咋咩？

美娟　嗷咪叫「客廳」好過叫第樣囉。(往左門，開之)阿威呀，裝上車啦。

威出街下。

美娟　講到你哋個廚房囉喎，你哋「十劃都未有一撇」吖，仲兼你哋係想我幫你哋諗計仔搞掂佢嘅呢，你哋就記住，我攞走嘅係啲爛嘢，仲唔係你哋嘅噃；但係我幫你哋度緊嘅係嫁妝嘛。

玉娟	乜話？(往中)
惠娟	大家姐，你話：嫁妝？

邊復上，包隨之。

美娟	(向玉與惠)你哋好裝身喇，唔係就趕唔切睇我行禮嘅喇。(往二女之間，台中)
惠娟	噉你唔係講咗我哋知先——？
美娟	(推二人往右門)遲早實講你知嘅，家下爽手啲啦。

玉與惠自右下。

美娟	(轉身)早晨呀小詩(趨之，台左)阿發仔交帶你嗰啲嘢帶咗嚟未？
包小詩	帶咗，不過我慌怕——

威自街外復上，往右下。

美娟	咪慌住先啦。發仔，我話過有工夫俾你做嘅，你同阿威一齊上閣仔，有張梳化要抬落嚟嘅。除咗件「披」啦，嗱，阿小詩。
邊時發	但係——(趨右)
美娟	我吩咐咗你做乜嘅啦，你着住面衫做唔倒㗎嗎。(往左前)若果兩個「may(上平聲)梨(上聲)」內張梳化仲未抬到落嚟呢，我就掉低晒你班友仔自己搞掂佢，你哋實搞到「一鑊粥」嘅咋。

邊脫上衣放櫃枱前椅上。

邊時發　　　係嘞美娟。

邊右下，包出示藍信箋，美閱信。

美娟　　　（坐右中扶手椅）乜喱啲叫做中文呀？

包小詩　　（立其左）「法律用詞」呀何小姐。

美娟　　　我就係覺得唐山冇人講啲嘅嘅話嘅。你撇開晒嗰堆「等因奉此」之後到底係講乜嘅啫？

包小詩　　咪你叫發仔交帶我嘅囉：「控告何弼臣擅自闖入西營盤皇后大道西『邊有勳麵粉廠』重地，並因跌撞而招致若干麵粉袋之損毀，並因刺探上述『邊有勳麵粉廠』之商業秘密而導致該公司蒙受損失。」

美娟　　　好喇好喇，你話係嘅意思嘅我就信你啦——本來我冇諗過嘅，不過睇落律師十足醫生一樣，自己有成套密碼嘅，搞到你响一個律師度擺咗封信呢，要拎去俾第個律師至睇得掂嘅。即係好似醫生開寫到「鬼畫符」嘅冇人識睇，叫你去藥材舖度執藥，等藥材舖整「拃」鹹水草俾你，都任佢「開天索（音sark）價」。

包小詩　　何小姐，我照足你吩咐嘅寫㗎，不過喱單官司唔算得穩陣㗎，我係你就唔會拎去上法庭嘞。

美娟　　　冇人叫你去吖，唔會上法庭嘅。

威與邊上，抬破沙發往中。

美娟　　　（立起）小詩，幫佢哋開門啦。

包開街門，二人下。

美娟　　　幾點鐘呀？你企嗰度望得倒「第三街」「禮拜堂」個「時辰鐘」嗰。

包小詩	（自街外）爭個骨一點。
美娟	（奔右門啓之大嚷）小姐呀，你哋遲咗睇我行禮呢，我唔肯過你哋㗎。
	（轉頭，威與邊後上）着返衫啦。嗱，發仔——（往中）你拎喱份「訟紙」去「你」個貨倉，擺落「我」阿爹度。
邊時發	依家？
美娟	依家？梗係依家啦，「嘽嘽聲」啦，佢隨時會醒㗎。
邊時發	佢瞓到好「淋」（去聲），噉我去唔去睇你行禮呀？
美娟	去，你夠快手快腳嘅應該睇得切下半「橛」未散（音傘）晒嘅。
邊時發	好啦。

邊左下，攜信。美送至街門。

美娟	仲有架木頭車，帶唔帶埋去呢？
包小詩	去禮堂！唔得㗎。
莫威	我推返屋企先啦。（欲動）
美娟	要我響禮堂度「賣剩蔗」噉「聽」你囉喎？我唔制㗎衰鬼。
包小詩	由得佢丟響度又唔多掂喎。
美娟	唔得。得一條路行啫，小詩，你揹義氣推去我哋度先啦。
包小詩	我！
美娟	門匙響喱度。（趨包，台左，自手袋取匙交包）「地步」係「正街卅九號A」呀吓。
包小詩	哦，不過，要我「日光日白」推住架木頭車行晒成個西營盤呀！
美娟	又唔會整污糟你件「披」嘅。

包小詩	咁啱撞倒我啲朋友睇見嗽又點呀？（二人同往左後）
美娟	講明先吓，細佬，你咁「薄皮（音鄙）」唔肯做啲嗽嘢嘅呢，你就唔好做我妹夫。
包小詩	嗽係唔好睇吓嗎，你響依度指個人去唔得咩？
美娟	唔得，你諗清楚先喇。（揭掀門）豬髀！
王老大	（外場）係，小姐。（半身上）吓，乜係美娟姑娘呀！
美娟	上嚟啦豬髀。開舖你「打晒骰」啦，我哋「冚唪呤」行開一陣。
王老大	我「一息間」就上嚟吓，美娟姑娘。（下，閉掀門）
美娟	點呀，包小詩？
包小詩	（左後）睇嚟冇彎轉咯。
美娟	冇錯，當係我結婚你做嘅「人情」吖，我都認 —— 係要你為咗我稍為委屈一啲。（送之往門）

包下，美回台中。

美娟	點呀阿威，你今日「賣魚佬洗身」嗽冇乜「腥氣」嗰。你覺得點呀「噬蓋」？
莫威	我「頂硬上」囉美娟。
美娟	吓？
莫威	我諗定咗嘅嘞，我經已「咬實牙根」鼓起勇氣，我預備好嘅嘞。
美娟	我哋依家係去禮堂，唔係去剝牙。
莫威	我知，去剝牙就唔見嗽一啲嘢，同個女人去行禮就調轉多咗啲嘢，不過唔知多咗啲乜啫。

美娟	正經啲啦威，我好尊重婚禮嘅，係「誓願」、唔係「食生菜」。個主禮人會問你「係唔係誠心誠意娶我」，你一係就照直講，一係就直程唔好講嘢。如果你唔係「心甘情願」嘅，就依家講出嚟，噉——
莫威	我會答佢話「係」。
美娟	係「誠心誠意」嘅？
莫威	係，美娟，我「認咗命」嘅嘞，老婆仔，我同你註定喺埋一齊嘅，我一於「嫁雞隨雞」囉。

玉與惠自右上，盛裝 —— 即第一幕何針對之打扮。美拖威往左。

玉娟	我哋行得喇大家姐。
美娟	夠晒鐘嚹啦。裝身都裝咁耐，又唔係你哋嫁(趨掀門旁)上嚟啦豬髀，你睇起晒佢啦。
惠娟	(向威)阿威呀，你攞咗隻戒指未呀？
美娟	我攞咗，你以為我會信得過佢鋪記性咩？

美與威下，玉與惠隨後笑着，王自掀門上，雙手作吹啲打狀送她們。

幕下

第三幕

西營盤正街某地庫：工場舖面客廳三合一。台右後角有街門在七級木梯頂。台後牆高處有三窗 —— 不是櫥窗，透光用。每扇窗上有「莫威 —— 造鞋師」字樣，自內看是左右倒轉的。靠旁邊街燈微光照亮。梯腳安「地主」神位。

台左有門通卧室。左後有屏風，用以遮爐灶。右牆中有層架陳列鞋及盒。其後置造鞋長櫈，有皮革卷及工具靠牆。台左牆、卧室門之前、左中位置有矮「砵櫃」。台中近右有桌，其左為修好之沙發、其右為兩椅。（桌上燒青兜插溫室花卉，杯盤狼藉而無酒。殘羹看出有燒肉及龍鳳餅）沙發上擠坐着 —— 台前至後序 —— 包、玉、惠、邊。

幕啟時，四人立着，手舉茶杯，齊聲祝賀：「百年好合」。喝茶後坐下。普遍談笑。較前椅坐着美，較後椅上威立起，緊張地「衝」完演詞，像小孩學背書，威立起時包以筷子敲杯碟，玉止之。

莫威	各位 —— 嘉賓，今晚「仔(下平聲)仔(上聲)一堂」、「高朋滿座」，小弟覺得好興「訓」。得倒各位咁賞面光臨，我敢話：我 —— 我女人，同埋小弟，對各位嘅 —— 嘅 ——
美娟	（低聲）「高義」。
莫威	呀，係嘞，記得嘞。對各位嘅「高義隆情」，有阿邊生致賀詞、阿包生 —— 唔係，我調鬼轉晒嘮 —— 阿包生致賀詞，阿邊生熱烈附和 —— 我個終身伴「女」(上聲)、或者小弟本人，都會「永誌不忘」嘅 ——「不忘」—— 仲有 —— 仲有我想，响自己屋企喱度，敬大家一杯。多謝各位嘉賓，更加祝大家都快趣啲 ——「有情人 —— 終成『春』屬」！
美娟	（立起與威同舉杯）敬各位人客。

威與美坐下。普遍談笑。

包小詩　（莊嚴地立起）本人起立致答——

玉娟　　（扯其衫尾坐下）坐低啦，今晚都致詞多過乜啦。我知你哋啲男人鬼咁鍾意聽自己演講，不過你都講咗一趟啦，你都唔使再嚟過喇啩。

包小詩　之不過我哋應份答謝人哋一聲㗎嗎玉娟。

玉娟　　應份，不過你點都唔夠人哋講得咁好嘅嘞，由得人哋篇好嘢「煞科」囉。阿威，老實講我真係睇你唔出嚟。

邊時發　講得真係好嘞。（立起）

惠娟　　邊個教你㗎阿威？

莫威　　我喱排學咗好多嘢咯。

玉娟　　我仲估阿威生成「興」扮啞仔粒聲唔出嘅。

美娟　　我一路教緊佢吖嗎。

邊時發　果然「明師出高徒」嗱。

美娟　　佢掂㗎，我估得到廿年後你哋三個男人之中，邊一個會係銀舖最睇得起嘅。

邊時發　噉好似望得遠一啲嗱。

美娟　　噉就係要好有遠見嘅人至會家下就望得出嚟。

包小詩　（立起，略移中）幾好吖，開頭（音抖）開得唔錯呀，係咪？間屋幾「四正」吖。又自己舖頭噉話咯。美娟呀，我諗唔通你去邊庶揾倒本錢返嚟啫。

美娟　　我？你千祈咪話係「我」間舖呀，係「佢」㗎。

玉娟　　你唔係話我聽係阿威籌倒本錢返嚟吖嗎？

美娟	阿威好肯儲(音cho)錢略。
玉娟	實係嘛,若果靠阿爹俾開佢咁「多(音dur)多」人工可以做到嗰嘅門面就真係「啃」(音kun去聲)略。
美娟	嗽又唔得,唔係淨靠嗰啲嘅,有人幫補吓我哋嚓。
包小詩	吓!
惠娟	我真係估唔倒你响邊庶班返嚟嘅。
美娟	咪同嗰啲花同埋嗰庶囉小詩。
包小詩	而咦,暖房種出嚟嘅花喎。(立起審視花)
	到底係邊度出處呢可?

惠與邊嗅花。

美娟	咪同啲錢同埋出處囉小詩。
眾	吓!
玉娟	(立起隨之往中)好啦,我估我哋都要返歸喇大家姐。
美娟	(與眾立起,惠與邊往台後)都怕要略,我估到咗依家阿豬脾睇舖都睇到厭略,若果阿爹醒咗返到去 ——
玉娟	就係囉,我有啲「閉翳」呀。
美娟	佢實係想食咗人咁惡嘅嘞。你哋着衫啦。(美往左趨玉與惠,然後止步)阿威呀,佢哋扯咗我哋要愛喱張枱嘅,你不如執開啲碗碟先啦。
莫威	(在桌右)好啦美娟。

美轉向左。

邊時發	乜話 —— 你 ——

包小詩	堂堂男子！死囉！(二人笑)
美娟	(平靜地)你同阿發仔都可以幫吓佢手洗碗㗎小詩。
邊時發	要我洗碗！
惠娟	(真怒)大家姐，我哋「過門都係客」㗎。
美娟	我知，鬼叫小詩笑阿威咩，罰佢洗吓碗等佢記住唔俾嘅做。

美推玉與惠自左下，隨下。威開始以盤收拾碗碟 —— 盤取自左後屏風後。

包小詩	(與邊互望，再望威，再互望)你肯唔肯洗碗呀？
邊時發	你呢？
包小詩	我自己就嘅睇法：如無意外呢，你同我都係同佢做埋親戚嘅啦，而我哋都知道阿美娟份人點嘅啦。若果依家我哋經已開首俾佢「指」，我哋成世俾佢「蝦」死都有之。
邊時發	你嘅講係「啱」嘅，不過要諗起佢有條計仔，有把握搞掂你同我嘅婚事㗎，你自己有冇把握搞掂？
包小詩	冇囉，第樣乜都得，喱樣就 ——
邊時發	所以啫，佢一日未幫我搞掂之前，我哋都係托住阿美娟隻大腳兼擦埋鞋好啲。
包小詩	不過，洗碗㗎！(往左前)

稍頓，二人望威，威自屏風後取盤，正在收拾碗碟。

邊時發	阿威呀，若果你係我你會點做呢？
莫威	隨(音取)你啦，我就照足佢吩咐嘅做嘞。
邊時發	你娶咗佢啫，我哋唔係㗎。
包小詩	你咁急愛返張枱嚟做乜啫？

莫威	冇吖，我自己嗰份冇嘢急吖。
邊時發	係美娟等住愛張枱嚟做嘢呀？
莫威	愛嚟俾我「上堂」啩我估，佢做緊我先生吖嗎。
邊時發	噉你唔多願上堂咯喎？
莫威	(往中)噉又唔係。我 ── 淨係唔想咁唔客氣啫 ── 咁早趕你哋走。我都唔明你哋使乜咁快走。(往桌另一面)
包小詩	唔走冇得分呀？
莫威	我鍾意有人陪吖嗎。
包小詩	你今晚「小登科」仲想搵人陪？
莫威	我唔想你哋咁快走晒囉。(再往中)
邊時發	佢好驚一個人對住老婆囉，實係噉啫，佢對住新娘怕醜呀。(二人笑)
莫威	事實係吖，你知啦，我又未娶過老婆，連單丁對住佢都未試過。直到今日為止，佢一路都係喺我同豬髀「孖鋪」嗰度同我上堂之嗎。家下就唔同喎，老實講吖，我周身都唔自然呀。嗱，拍硬檔保你大留多一陣幫吓我同佢 ── 同佢「熟」啲先啦。
邊時發	你唔係同佢「行」咗一排先嘅咩？
莫威	係，不過冇幾耐咋，你都明嘅啦，阿美娟嗰份人好難同佢熟落㗎嗎。
邊時發	夠耐啦，炆牛腩都炆到熟咯。喱啲嘢我哋點幫得你手「透火」嘅啫？(避往右)
包小詩	咪嘞發仔，喱「拃」碗要洗喎，我哋洗咗佢啦。

包捧盤往屏風後，水聲，可見他揮毛巾，邊欲進，威叫住他，拿盤往桌。

莫威	阿發哥，若果係你嗰份，你鍾唔鍾意——阿美娟嗰樣嘅女仔呢？（往右中）
邊時發	冇得嘅講嘅，佢又唔係嫁我。
莫威	我硬係「眼眉跳（音條）」要單對單對住佢哩，我仲估大家都係男人，你會揸義氣傍住我，等開頭冇咁「面懵」嘅㗎。
包小詩	（攞碗布往右前）我哋唔係嗰睇哩，發仔呀，爽手啲搞掂埋啲杯啦。（往右後趷邊）

美與惠、玉上，二妹穿上外衣。

美娟	打爛咗嘢未呀小詩？
包小詩	（受辱地）打爛嘢？冇。（從盤中取杯拭抹）
美娟	怕係做得「摩」過頭，未得切打爛啩。
邊時發	你真係「使死人」，連「一句唔該」都冇。
包小詩	你見倒我哋做啲嘅嘢唔覺得出奇咩？
美娟	出奇？我吩咐你哋嗰做㗎嗎？
邊時發	係就係，不過——（取盤於左後）
美娟	（取過其布）依家可以收工嘞。你哋扯咗我至執埋啲手尾啦。（往右前）

右街門傳來叩門聲。

玉娟	係邊個呢？
美娟	係個唔識字嘅囉，仲使審？你掛起咗個牌响門口啦嗎阿威？
莫威	係吖，掛住咯。係你寫嘅美娟。
美娟	唔通「贏」（上聲）你咩，寫明「東主有事，暫停營業」嘅，邊個唔曉睇嘅咪由得佢拍門拍天光囉。

何弼臣	（自街門外，叩門後）美娟，你响庶嗎？
惠娟	（大驚）係阿爹！

普遍震驚。

包小詩	「大劑」咯！
美娟	咩嘢事啫？你好驚佢咩？
邊時發	咦，嗷嘅，凡事要「顧全大局」，既然 ——
美娟	好啦，嗷就「顧全大局」啦。你哋「冚唪唥」「焗」晒入我間房先啦……咦，有你份呀阿威，人哋咋。我嗌你哋就出嚟啦。
玉娟	等佢扯咗先呀。
美娟	唔使等到佢扯。

美與眾往左。

惠娟	但係我哋唔想 ——
美娟	依間屋係你定我㗎？
惠娟	係你個地牢。
美娟	嗷咪我話事囉。

四人進臥室，惠欲辯，包開門，惠與玉先入，邊與包後隨，推惠入。威往梯間。

美娟	你坐定响度，你唔好唔記得你係喱度嘅「一家之主」呀！等我開門啦！

威坐後椅，美登梯開門，何上，立梯頂。

何弼臣	(略歉疚地)哦，美娟。
美娟	(冷淡地)乜咁夜呀，阿爹。
何弼臣	(沒信心地)我入得㗎可。
美娟	(擋路)喺，唔知嘀。我要問過「事頭」先。
何弼臣	吓？「事頭」？
美娟	你知啦，你同佢唔多「啱牙」「面阻阻」嘅分手㗎嗎。(憑梯欄)威呀，係我阿爹呀。佢入唔入得㗎呀？
莫威	(朗聲而鼓勇地)得，請佢入嚟啦。

何步下梯級，美關門隨之，何四顧。

何弼臣	後生仔，你請我入嚟好似好勉強嘅嘀。
莫威	(立起往中)唔係，好歡迎。(握手甚久)我的確係好高興見倒你呀何伯。

美往右前。

莫威	噉我嘅大日子至算得係「功德圓滿」吖嗎，你係主婚人而我──我好想你有咁耐坐咁耐。
何弼臣	噉呀──
美娟	夠喇阿威，你唔使做到「過晒籠」嘅。阿爹，你可以「係噉意(音倚)」坐一個字鐘嘅。張梳化承得起你嘅，試過晒夠穩陣嘅嘞。

何坐右中沙發，威回右椅。

| 莫威 | (取茶壺)淨係得清茶咋，我估個壺裡頭啲茶葉都好「溶」嘅喇，等我── |

美娟	（威取壺往屏風時，美奪壺）你邊庶都唔使去。阿爹飲嘢鍾意「哨」啲嘅。
莫威	（桌右前）食件燒肉哩，何伯？
何弼臣	（恐怖地）燒肉！
美娟	（尖銳地）我希望你既然嚟得依度就好傾啲啦。（在桌前端倒茶）
何弼臣	我唔係為咗好傾嚟嘅美娟。
美娟	噉係為乜吖？
何弼臣	美娟，我乜架都丟清咯。我都唔知行咗乜嘢衰運，撞正單大禍臨頭呀。
美娟	（切餅）怕者食返件嫁女餅你會「老利（音黎上聲）」啲囉。
何弼臣	（寒襟）「甜爺爺」嘅。
美娟	餅梗係甜㗎啦。（坐椅上）
何弼臣	我個頭「fig（低音）fig」聲咁「赤」。
美娟	係咩，之不過嫁女餅係講個「心」嘅。若果淨係顧住個「頭」先，大早就直程唔整嫁女餅啦。我都知噉係好「細路氣」嘅，不過我好想响我出嫁嗰日、見倒我阿爹，坐响我張枱庶，食件我啲嫁女餅㗎。
何弼臣	我有正經事嚟揾你㗎美娟。
美娟	唔正經得過等我知道你想我哋好啩。
何弼臣	嗱，美娟，你知我個人點喇，「生米煮成熟飯」咯就算數嘞，你都「要風得風要雨得雨」啦，你「千揀萬揀」嘅「爛燈盞」我就覺得唔多「馨香」啫，我個人亦都唔會「揞」住良心，夾硬讚嘅，不過我都叫做揸過你個老公隻手當做認頭咯，你有眼睇啦。「嫁出女潑出水」，「喊都無謂」啦。

美娟	(遞碟)嗽就「阿茂整餅」你都「係嗽意」食返件啦。
何弼臣	我都「開心見誠」講明我對你哋冇嘢咯。(推開碟)
美娟	講實咗就食埋「茶禮」啦。(再遞)
何弼臣	你哩個女真係「頂趾鞋無法治」嘅。(吃餅)總唔體諒吓伯爺年紀老邁、「人又縮牙又郁」嘅。
美娟	食完嘩?
何弼臣	整啖茶嚟啦。

美遞茶，何喝之。

何弼臣	嗽就易「落格」啲。
美娟	依家講得我聽你為乜事嚟嘞?
何弼臣	我哩鑊好杰呀美娟。
美娟	(立起往左門)係嗽留返你同我男人傾掂佢嘞。
何弼臣	吓?
美娟	你唔使我啦，女人之家一味阻手阻腳之嗎。
何弼臣	(立起往中)美娟，你唔係响我有難之時丟低我唔理吖嗎?
美娟	你以前講過咁多「仗」，勢唔會要搵到女人嚟幫你嗽「殃」㗎!我敢「寫包單」阿威會落力幫你嘅。(往門)阿威呀，你哋傾完就嗌我啦。
何弼臣	(隨之)美娟呀!依件事唔俾得人知㗎。
美娟	嗽咪係囉，我行開咗，等你哋男人同男人斟掂晒佢，唔使俾啲「無知婦孺」响度阻住晒。
何弼臣	我話你知我係嚟搵你，唔係搵佢，哩單嘢佢唔聽得嘅。

美娟	阿威唔聽得？點會呀，阿威係自己人嘛──（略回步）──你同我講得嘅就同佢講。
何弼臣	你要我當住佢面同你講？
美娟	阿威同我夾埋係一個啫。
莫威	坐低啦何伯。
美娟	你依家可以叫佢做「阿爹」喇。
莫威	（驚奇）我可以？
何弼臣	佢可以？
美娟	佢可以，坐低啦威。

威坐桌右、美立桌前端、何坐沙發。

美娟	嗱，阿爹，你得我哋就得嘅嘞，到底咩嘢事啫？
何弼臣	喱件──（出藍信紙）──喱件──大件事囉。

美取過遞威，往威椅後，威倒轉來看，美彎身其椅上矯正之。

美娟	係乜嚟㗎阿威？
何弼臣	（拍枱）「身敗名裂」囉，美娟，就係喱樣嘢囉！「身敗名裂」兼破產囉。而家我唔係「西區街坊會」幹事咩？唔係大道西「何弼臣鞋店」嘅何弼臣咩？唔係有頭有面嘅正當商人同埋一家之主或者──
美娟	（從威肩上閱信）哦，係封告你「白撞」要求賠償嘅律師信。
何弼臣	直程係响背脊「拮」我一刀，冇天理嘅，冇人性嘅，吼人哋唔覺意行差踏錯，「出陰質」嚟作置我搵着數。
美娟	噉你有冇「白撞」吖？

何弼臣　　　美娟，我對住支燈講吖，一日都係你唔好，我係一時失足，我有唔認，我去咗「人和悅」度「踎」得太過耐，為乜呢？為乜要「踎」咁耐啫？為咗想唔記得晒我有個「不孝兒孫」，想响我「腦海」中抹清晒你所作所為嘅唔開心嘢。就係嗽嘅原因囉。嗽後果呢，「拉人夾封艇」咁慘嘅後果呢？我「累」（上平聲）鬼咗落個死人地牢庶，响嗰個地牢度「㪐」咗一覺，瞓醒咗就見倒喱單大禍臨頭。「訟師」⋯⋯官司費⋯⋯街知巷聞⋯⋯「身敗名裂」。

美娟　　　（繞過桌往中）你仲未答我嗎，你係無意嘅？抑或係有心「白撞」吖？

何弼臣　　　係有意㗎，仲明過「小明星」咁明係有意嘅，弊在嗰啲打官司揾食嘅「訟棍」最叻「戾（上聲）橫折曲」、「指黑為白」嘅呢。我終歸都落响佢哋手上，我成世人「生不入官門、死不入地獄」嘅，至憎啲「訟師」嘅嘞。卒之就俾佢哋捉倒痛腳，實俾啲「吸血鬼」吸到我半滴血都冇剩啦。我素來係嗽避佢哋，終歸走唔出佢「手指罅」！冇囉，實行榨到我連汁都乾埋咯。

莫威　　　係呀？嗽咪似十足涼茶舖榨蔗汁嗰副「架撐」噉。

何瞪視之。

美娟　　　睇落幾「論盡」嘞，我睇怕你啲生意「水瓜打狗唔見一大橛」都有之呀。

何弼臣　　　有之！（立起往中）「紅毛泥」打咁實咯，我啲上客點肯幫襯一個俾人拉過去審嘅，認咗朝早十二點鐘就醉到「仆街」嘅人吖。佢哋點會體諒到係為咗「借酒消愁」至搞成噉吖。「盞」佢哋仲諗得我衰啲啫，話我連管個女都管唔住，任得佢「溜」（音liu上平聲）咗去，搞到我「臨老唔過得世」、要出嚟「獻世」。一日都係你，係你一手造成嘅，你兩個夾手夾腳害到我嘅嘅田地。

莫威	你估會唔會賣埋「新聞紙」呢可,美娟?
美娟	實會都得嘅,爹呀,你個名實會登响「華僑報」度啫。
何彌臣	「華僑報」!係,仲唔只嘅。凡親有乜「死人兼冧屋」嘅新聞,仲係我哋嘅嘅「架勢堂(上聲)」人馬「抬棺材甩褲——失禮死人」嘅,點只「華僑報」唱我吖。我領正單嘅嘅大鑊嘢呀,實「一沉百踩」嘅,連「省城」啲新聞紙都怕會賣晒出嚟,將我啲「臭史」通處「派街坊」囉。
莫威	嘩,冇死咯,咁威水!連「省」啲新聞紙都賣埋你個大名!而咦,真係幾乎「專登」身敗名裂都抵嘿,睇倒自己個名印响新聞紙咁「過癮」。
何彌臣	(坐沙發)唔淨只自己睇,人哋都睇㗎「嘅」仔。
莫威	嘅又係嘢,我冇諗到喱層,我識得好多人實會好鍾意睇嘅,人人睇新聞紙都多數係為咗想睇吓人哋點衰法嘅,我估若果睇啱個自己識得嘅人衰俾自己睇呢,仲更加心涼到「加零一」嘅。(只是頭腦簡單直言,並無惡意)
何彌臣	聽你講落似乎你都好心涼啦。
莫威	(誠懇地)唔係,我冇。你又食咗我啲禮餅、又揸咗我隻手咯。我望都望大家係自己人嘅,而我都係當你自己人嘅幫你諗咋。我周時都話,睇一樣嘢睇咗最衰嗰便先,嘅就無論點樣都衰唔過你預咗嘅。比如講「街坊會」嘅,爆咗喱鑊嘢出嚟,我估你都幾難再有得做「幹屎」嘅嘞,本來你响「街坊會」庶都搵倒唔少客仔嘅可。
何彌臣	(轉向美)你個老公都幾落力「安慰」我嘅嘑美娟。都唔知「攞景」定係「贈慶」!
美娟	都係你自己「攞嚟」嘅啫。(趣之)
何彌臣	阿威,你「潤」夠我未呀?
莫威	(委屈地)我諗倒嗰句講嗰句嘅咋。

何弼臣	好啦，嗽你講晒未吖？
莫威	若果你情願我收口嘅我咪唔出聲囉。
何弼臣	唔好勉強呀莫老威，一個人好似你咁多諗頭嘅就「樶」晒出嚟好過「谷」住嘞。即管放馬過嚟啦細佬，「屙」淨晒等你個肚鬆啲啦。
莫威	我都唔識講嘢嘅，仲周時「開口及着脷」啄。若果我「一番好意」講嘅嘢唔啱你「脾胃」嘅，你「有怪莫怪」呀，不過我以為你係嚟同我哋商量嘅咋。
何弼臣	我唔係嚟搵你，你個「水鬼陞城隍」「牙擦蘇」——（立起）
美娟	好喇阿爹。（推之坐下）我老公一心想幫你啫。
何弼臣	（不平地瞪視片刻，軟弱下來）係嘅美娟。
美娟	講返你喱次意外吖。
何弼臣	好呀美娟。
美娟	你最驚都係俾人唱啫。
何弼臣	係俾人拉上衙門嗰啲嘅嘢囉，我個人一向仲「奉公守法」、「擸乜都唔偷食」嘅㗎。
美娟	嗽我哋要盡量避咗上法庭囉。（往左中）
何弼臣	（立起往中）若果天公上高有「訟師」呀美娟，之我睇怕佢哋嗰流都幾難升倒天嘅——就怕肯唔上法庭嘅。响人世上啲「訟師」，就一味將人榨汁嘅榨！榨！尤其是上到法庭先至最易乜都榨晒你出嚟。
美娟	我聽過有啲官司响「庭外和解」嘅，私人搞掂囉。
何弼臣	私人搞掂？係，我都知，「衰多二錢重」嘅囉。即係响「訟師」樓閂埋門，佢班友自己「圍威喂」搞晒啲，等人哋睇唔倒佢哋背頂仲榨多你「加零一」，大庭廣眾嗰陣都仲話要「閂」住吓吖，私人喎！私人搞掂要嘔多成擔銅喫美娟。

美娟	我都預咗你要唔見多少錢嘅嘞，不過你都情願冇人知好過派通街啩？
何弼臣	(回沙發坐下)唔係上「訟師」樓我就制。
美娟	你可以唔去「訟師」樓一樣庭外解決啩，你可以响依度斟掂佢啩。(往左開門，再往左前)小詩！

包上，由得門開着，往中。

美娟	喱位係「包觀詩包誦詩包小詩律師樓」嘅包小詩。
何弼臣	乜話？
包小詩	唔啱，我係——「包觀詩包誦詩包小詩律師會計師樓」嘅包小詩律師。(譯註：上兩句譯者自加原著無)
何弼臣	(驚愕)佢係「訟師」！
美娟	係囉！
何弼臣	(不相信地，立起)你係「訟師」？
包小詩	係，我係「包觀詩包誦……」
何弼臣	得喇得喇！(深感鄙視地)你咁後生就做「訟師」咯！真係「你唔死我死」咯！(客家音：lee ng see I see)
美娟	(往房門)「冚唪呤」出晒嚟啦！(往桌前端)

房內老大不願，然後惠、玉、邊上，排排立左。

何弼臣	玉娟！惠娟！
美娟	一家大團圓吖嗎。喱位邊時發先生，係「邊有勳麵粉廠」嘅「太子爺」。
邊時發	素仰素仰。
何弼臣	乜……响晒度！(其腦筋顯然未能消化這情形)

美娟	你要解決件事，梗係要有關人等响晒度至得㗎。
何弼臣	不過成村人咁多，佢哋响邊庶「狷」出嚟㗎？
美娟	我間睡房囉。
何弼臣	你間──？美娟趁我未發神經之前，唔該你解明晒我知嘞。
美娟	「一字咁淺」啫：我預咗你會嚟，咪班定佢哋嚟先囉。
何弼臣	你預咗我會嚟！
美娟	係囉，你有難吖嗎。
何弼臣	(搖頭，然後如找地方出氣，猛攻玉)喱件嘢關玉娟同惠娟乜事？佢兩個响度做乜嘢？間舖點呀？(往中)
玉娟	豬髀睇住間舖囉。
何弼臣	睇舖係豬髀做嘅咩？
惠娟	佢冇第樣嘢做吖，大家姐扯咗之後啲生意咁淡。
何弼臣	(盛怒)間舖你做事頭嘅咩？你話事嘅咩？你鍾意幾時着靚衫行開就行嘅咩？
美娟	佢哋行咗出嚟，係因為今日係我出嫁吖嗎爹。大條道理㗎，阿威同我都會噉做略，佢哋嫁嗰日我哋都會唔開舖去賀佢哋㗎。
何弼臣	佢哋嫁嗰日！有排咯。仲有好多年我何家至會再辦喜事略，等我話你知啦。(轉向美)一個女忤逆我，已經夠晒攞命啦。
包小詩	我哋不如傾正經事哩先生？
何弼臣	(轉向之)後生仔，「正經人」講嘢你咪駁嘴。你係個「訟師」，你自己都親口認咗係「訟師」。老實人靠做工夫搵食，「訟師」就靠「訟」之嗎。
包小詩	先生，目前喱件事我係代表邊時發先生、我嘅當事人，而你正話「出得你口入得人耳」嗰句說話，當住咁多位證人，我認為係反映你對我當事人嘅起訴嘅一種「譭謗」性答覆。

71

何弼臣	乜話！哦，依家又到「譭謗」喇係嗎，乜「白撞」同埋……同埋「刺探商業秘密」你仲嫌未夠皮咩，你隻「吸血鬼」——
包小詩	咪住，何先生，你叫我做乜都得——
何弼臣	我梗曉叫啦。你——
包小詩	不過我要提醒你，為你自己嘅利益着想，辱罵律師呢，到計手續費嗰陣會記住打埋落去嘅。嘑，我嘅當事人話我知：佢願意庭外和解嗰件事。我本人就唔主張佢咁做嘅，因為上到法庭我方多數會擢到多啲嘅賠償㗎。不過，阿邊生佢唔想咁絕情，佢念在你嘅名譽、地位同埋——
何弼臣	「幾多」吖？
包小詩	吓——你話乜嘢話？
何弼臣	我冇你嘅暈晒浪鍾意聽自己把聲，爽脆啲開價啦。
包小詩	我哋提議嘅數目，包括本律師嘅一般費用，而並未包括你對我講譭謗言語所引起嘅額外費用，就係二千銀。
何弼臣	乜話！
美娟	唔係。
何弼臣	「椿」落過地牢度要收我二千銀！哈，噉我不如跛埋隻腳好過咯。（往右前）
包小詩	你噉講即係承認啦何先生，我方啲麵粉袋救返你隻腳冇跌斷到，因此我有意响我剛才提出嘅數目之上，加上一筆估計嘅醫藥費、係由我方啲袋保護咗你對腳而幫你慳返嘅。（轉向邊）

何坐右。

| 美娟 | 哎，包小詩，我知你係「人望高處」，不過今勻你唔使咁「大喉欖」嘅，嗰二千銀太過啲。（往中） |

包小詩	我哋諗住——
美娟	噉你哋再諗過啦。
邊時發	但係——
美娟	你兩個再做個「飛擒大咬」樣出嚟呢，因住我反告你「犯罪性疏忽」、由得你道地牢門開住，問返你攞「人身損傷」賠償喫。
何弼臣	(立起)美娟，你救返我一命喇，我一於反告佢，睇吓邊個告贏吖。
美娟	你又冇傷到，而且一個律師都夠晒數啦。不過依家佢會講道理啲嘅嘞，我好清楚阿爹佢出得起幾多銀，唔係二千銀，而且未有耐接近二千銀㗎。
何弼臣	咪講咁多乜嘢「出唔出得起」啦美娟，你想我變咗「蒙正」咩。
美娟	(向何)你出得起一千銀，噉你就俾一千銀啦。
何弼臣	吓，不過……「出得起」係一件事、俾唔俾又第件事嘛。
美娟	你鍾意嘅可以上法庭打喇，噉咪有新聞紙賣囉。(往右中桌前)
何弼臣	錢銀一件事，係唔下得個啖氣：俾個「訟師」鬥贏我。
惠娟	(趨何)阿爹呀，你噉點算鬥輸啫？佢哋要你二千，你淨係俾一千之嗎。
何弼臣	我又冇諗過嘛。
惠娟	係佢哋鬥輸就真。
何弼臣	咁好搲嘅我都情願輸多兩次嘅惠娟。講返轉頭，我「的而且確」係唔想打官司。
包小詩	噉我哋當你同意咗咯噃。
何弼臣	你係咪要見倒「真金白銀」至信得過我吖？乜你啲「那渣(上聲)」「訟師」係咁「小人之心」嘅咩？

包小詩	唔係呀何生，你「牙齒當金使」㗎嗎。（往左）
惠娟	解決咗喇！解決咗喇！好嘢！好嘢！（往左趨邊）
何弼臣	哼，惠娟，有乜嘢咁值得拍手掌喎？雖然我避得倒拉上公堂出醜啫，不過「大話怕計數」，我哋屋企喱趟「肥水流晒過別人田」嚁。（坐沙發，台中）
美娟	冇，都係益返「屋企人」啫爹。（往右）
何弼臣	點會呢？我唔明嚁。
美娟	阿妹佢哋嘅好日子，唔使等到你「話齋」咁耐囉，慘得過人哋依家一人有五百銀妝嫁啫。

包與玉、邊與惠在左挽臂。

何弼臣	你唔係話我聽──
美娟	你應承咗嘅，唔會「唔認帳」嘅可，爹？
何弼臣	（立起）我領咗嘢喇。（往中）喱個「老千局」嚟嘅，我一──
美娟	一次過兩個女甩晒手囉，等間舖再冇啲「無知婦孺」响度阻住晒啲地（音定）方可。
玉娟	冇我哋阻住你你自在好多啊可爹。
何弼臣	啱，你哋「冚唪唥」咪對住我「篤眼篤鼻」，聽倒未呀？全部「躝」啦！
惠娟	爹⋯⋯！
何弼臣	（取帽）我自己打理舖頭，用晒男人伙記，等──等成個西環學吓我點樣打理舖頭。到你哋對飽咗你個好老公，「喊苦喊忽」噉返嚟外家嗰陣，咪使旨意有「定」俾你企呀。我「甩」晒你哋嘅喇，「甩」得好呀，一路「甩」到尾㗎呀，聽倒嗎？我實俾錢，你哋揿住搶我嗰筆呢，俾完就「賣甩」晒你哋，個

個都係，尤其是你，美娟。我仲未盲得晒，我仲睇得出今次喱餐應份多謝邊個嘅。（往梯口）

美娟　　「願賭服輸」，咪「發爛渣」啦爹。

何弼臣　莫威，我戥你可憐咯。（凭梯欄）諗落喱班人之中你算係最好咯。你係個蠢仔，不過你工夫熟行，又老實人一個。（登梯）

玉娟　　我阿小詩夠熟佢自己嘅行咯。（往右中）

何弼臣　（登至半）講得啱，佢熟佢嘅行，佢最叻「收買路錢打腳骨」吖嗎。

玉大慍。

何弼臣　我都唔知前世做錯咗乜嘢事，個女要嫁個「訟師」兼「扭計師爺」老闆，等我成世個良心都唔安樂。

惠娟　　你要我哋冇人工揰響舖頭白做，你良心夠冇唔安樂咯。

何弼臣　我有養你哋嘛，冇咩？以後輪到第位負責你哋啲米飯喇。好，依家就笑得落，你兩條友，不過女仔唔係「食風屙煙」嘅呢，唔易養㗎。往日一個仙油炸鬼，家下就要兩個仙——仲唔只嚫，啲「化骨龍」「哺」埋出嚟你就知。總之咪揾我「攞米飯」就得嘞。（欲下）

玉娟　　爹！

何弼臣　（轉頭）係，你咪「爹」（／嗲）我囉。不過喱單嘢我洗咗手唔做嘅喇。我做完老襯頭「阿爹」喇，佢哋就開首做嘞。唔使幾耐佢哋就知道娶老婆係乜味道喇。「阿蘭嫁阿瑞——累鬥累」囉！佢哋自己揾條鎖鍊嚟箍住自己，我就甩咗身喇。我捱咗卅幾年，由今日起我就一身鬆晒喇。哎吔，留返你哋慢慢嘆喇。你哋班光棍真係慘咯，「打劫紅毛鬼」，不過「光棍遇着冇皮柴」囉！等住去「進貢法蘭（上平聲）西」啫。

何開門自右下。

美娟　　　（往中）你哋最好籌備早啲行禮嘞，玉娟同惠娟對住佢有排捱
　　　　　呀。

邊時發　　佢哋返得屋企咩？

美娟　　　點解唔得呀？

邊時發　　佢正話講到咁決絕嘅。

美娟　　　但一半都記唔返啦。依家佢實係去「人和悅」嘅嘞 ── 若果仲
　　　　　有時候嘅，家下咩嘢時候呀吓？

包小詩　　係我哋應該告辭嘅時候囉，美娟 ──（往中趨之）── 你都想我
　　　　　哋快啲「行人」㗎。（示其錶）

莫威　　　唔係唔係。（立起）我發夢都冇諗過要叫你哋扯。

美娟　　　（往取上衣）嗰就我叫啦。夠晒鐘趕你哋扯喇。你哋啲面衫响
　　　　　度。（從右架取包與邊上衣）早唞嘞。

包與邊登梯，美回中。

美娟　　　早唞惠娟。

惠娟　　　（抱一抱）早唞，大家姐。

惠登梯與邊下。

美娟　　　早唞玉娟。

玉娟　　　早唞大家姐。（亦抱一抱）唔該晒你。

美娟　　　哦，小意思！（送往梯口）第日再傾。不過唔好嚟得咁勤，事
　　　　　關阿威同我會好唔得閒，「均是」你哋預備做喜事都夠晒多嘢
　　　　　做㗎啦。

玉娟	噉就係。（登梯）

連續分手，夾着笑語「早哨」等。

美娟	定咗日子話我哋知吓。
包小詩	我哋結婚嗰日一於請到呀。
美娟	實會到嘅，然之後我哋就高攀你哋唔起咯。
包小詩	唔會嘅美娟。
美娟	噉或者唔使幾耐我哋就追倒拍得住你哋嘅，我哋哩檔嘢啱啱開頭啫，早哨喇。

包小詩、玉娟（同聲）早哨，大家姐／美娟。

包與玉下，關門，美轉向威，手搭其肩，威受驚。

美娟	你都聽倒我今晚話你會點嘅啦，不出廿年你會叻過晒你啲「老襟」㗎。
莫威	我聽倒你講，美娟。
美娟	講咗我哋就要做，我唔係死吹嘅人嚟嘅，阿威，仲唔使廿年咁耐㗎。
莫威	我唔知呀，佢哋起步帶緊頭贏我哋成條街咁多。
美娟	之但係你有我呢，你塊石板响房裡便，拎出嚟吖。到你出返嚟我就執清晒張枱嘅嘞。（往桌右搬盡殘羹，置花在砵櫃上，取去枱布放右椅背）

威過卧室，攜石板粉筆復上，板上寫滿字，放桌上。

美娟	除咗件飲衫啦，咪整「邋遢」呀。

威脱上衣，屏風後取抹布回桌，掛上衣於右層架。

美娟　　你攞塊布做乜呀？

莫威　　愛嚟抹咗石板啲字吖嗎。

美娟　　等我睇過先，喱啲係琴晚我返咗嚟依度之後，你响豬髀度做埋嘅功課係嗎？

莫威　　係呀美娟。

美娟　　（坐桌右中，讀）「有志者事竟成」（抹去）你啲字寫得好咗喎威，今晚出短啲俾你，因為家下好晏咯，聽朝仲有大把嘢要做。（寫）「人望高處」。好啦，你坐低抄啦。

威據桌坐，美看他一會，往砵櫃檢看花。

美娟　　我扰咗洽和符夫人喱啲花落風爐先吓，聽朝開工嗰陣咪通處垃圾至得喇。（取起花兜，止步，望威，威埋頭書寫，取起一朵花，餘棄屏風後，拿該一朵花往臥室）

莫威　　（抬頭）你留返起一枝呀。

美娟　　（在羅曼蒂克行為中被撞破而歉疚地）我想夾响我本「成語考」度做紀念呀威。我永遠都唔會唔記得今日嘅。（望屏風，呵欠）「呵──」我好劫呀，我估都係留返啲碗碟聽朝至洗嘞，嗰樣開頭係「拚（音盆上聲）pair（去聲）」啲，不過我唔係日日都出嫁呢。

莫威　　（勤寫）唔係。

美娟　　我上床先嘞，你抄晒至嚟啦。

莫威　　好吖美娟。

美進卧室，攜花，關門，威續抄，嘴喃喃唸着所寫的字，抄好，立起熄燈、放下簾，羞怯地望卧室門，坐下脫鞋，立起，手拿鞋，趨門，猶疑，回轉，放下鞋在門口，回桌寬衣，又猶疑，終打定主意，盡熄燈，卧沙發上，不時凝目望卧室門，初面向層架，不舒服，轉身面向卧室。

稍後，美開卧室門，卧室燈微光中，見她穿樸素睡衣，走向威，扭威耳，帶他進卧室。（譯註：原著美娟手拿蠟燭，如要保存羅曼蒂克氣氛照做亦未嘗不可。另一可能是捧油燈放回神位，再往拉阿威）

幕下

第四幕

何弼臣鞋店後居廳子，第一幕曾見之門通前舖，現在台左，對面右牆中有祖先及關帝神位，右後有門直通房間及樓上。

時為一年後，上午八時。

神位前有扶手椅，廳中央圓枱連數椅。牆上掛有清裝祖先畫像、鏡架嵌滿黑白家庭照片，及一、二幅年畫。各椅古陳舊、裝修甚醜。傢俬多而不相襯。何自得其樂而不覺室中塵垢。

屋內另有廚房。然而王卻在神枱香爐上烘魷魚翼。同時在桌上開早餐——白粥，兩件事他都生手而拙劣。稍後左門啟，許上。

許老二　　（橫過廳）我直程上去睇佢啦豬髀。

王老大　　（止之）佢起緊身嘅嘞許腥。

許老二　　起緊身！乜你唔係話——

王老大　　我照佢吩咐同你講嘅咋，佢話：「仆倒去叫阿馬化麟醫生。」嗽我咪仆倒去叫馬化麟醫生囉。佢又話：「依家去許老二度，話佢知我病得好犀利」，嗽我咪去揾你囉。然之後佢就話要起身，叫我整定粥俾佢食，佢會落嚟同你傾喎。（往右神位）

許老二　　（往右後門）「雯戀」啦豬髀，梗係我上去揾佢啦。

王老大　　你知佢點嘅啦阿叔，你上親去我實「聽」罵，佢今朝仲鬼咁好火氣嘅㗎。

許老二　　（坐桌右）我仲估佢病到「五顏六色」㗎。

王老大　　你問我呀，真係唔「盞」呀。（回桌）

許老二　　　點唔「盞」法呀？

王老大　　　(搖粥)「橫睇掂睇」都唔「盞」囉。阿何腥成個人變晒唔同舊時個人，間舖又唔同晒舊時間舖，你睇吓我噚吓，我問你嘅許腥，大家男人至講吓，喱啲工夫係咪鞋舖工頭做㗎？煲粥呀、開枱呀、同埋——

許老二　　　照啲街坊話你都冇乜第樣嘢做啫。

王老大　　　做乜都好過做「妹仔」吖，造布鞋都好啲啩。(往烘魷魚)

許老二　　　聽人講布鞋好少「利錢」咋嘛。

王老大　　　唔係有乜好做嘛？第樣都冇人要。(轉身)「何弼臣」好唔掂呀，我唔係「立亂」爆佢啲嘢，「均是」係人都知嘅嘞。

許老二　　　喱行本來咁好賺嘅睐，噉先至「一殼眼淚」。

王老大　　　噉又係邊個嘅錯吖？

許老二　　　我睇你同我計喱樣嘢唔多啱嘛，豬髀。

王老大　　　唔啱咩？我係事頭嘅老臣子，依家我仲死跟住佢，搞到人人都話我傻，一味心軟，唔曉「睇風頭」顧住自己嗰份。若果我做到噉都冇權講句真心話嘅，就真係「天冇眼」咯，係「臭脾氣」搞「彎」喱間舖囉許腥，「臭脾氣」同「牛頸」。

許老二　　　成條大道西都話係莫威「頂死」佢嘅。

王老大　　　阿威好仔嚟嘅，我係佢開山師傅至講吖。佢係頂到我哋好慘，喱個阿威，不過大早可以搞返掂嘞，用啲「心機」，你明啦，「識撈」啲。講到「識撈」呢，老闆就啱啱做少喱樣，嗱，阿美娟姑娘呢……鞋，佢就醒目嘞，真㗎，直頭冇得頂嘅。不過唔係「扮矮仔」嘛，咪估錯呀，幾時都同啲客仔「平起平坐」㗎，但係佢有佢嗰套，搞到啲客仔「tub tub掂」，幫襯完第「仗」再嚟幫襯多啲睐，家下你睇吓我哋，搵晒男人做舖面。

許老二　　　仲貴過請女人嘛。

81

王老大	貴?直程食埋佢隻「車」啦。噂,許腥,講你自己吖,若果你去買對鞋呀,你鍾意邊個幫你着鞋呢:「麻甩佬」定「花姑娘」吖?
許老二	唉 ——
王老大	係咪呢,有道理喫嗎,「人之常情」。
許老二	不過「針冇兩頭利」嘥豬膶,睇埋第便得嚦。
王老大	你話女客?
許老二	係囉。
王老大	出得起錢嗰啲女客就要係返女人服侍佢試鞋嘅,唔出得起錢嗰啲咪買布鞋嗰啲之嗎。上客先至有錢賺嘅。「何彌臣」就係失咗喱「挺」客路咯。

何右後上,頭髮蓬鬆,衣衫不整,笠衫唐裝褲,往台前二人中間。

許老二	(強顏帶憫)點呀老何?
何彌臣	(極度感傷而自憐)老二呀!老二呀!老二呀!
許老二	你坐喱便定埋枱坐呀?
何彌臣	枱?粥?魷魚?烘魷魚!我病成噉。

許扶之坐扶手椅。

許老二	一個男人到咗噉情形,就要有個女人响屋企嘅老何。
何彌臣	(坐下)要咪要囉。
王老大	我去搲美娟姑娘好唔好呀事頭? —— 我係話莫師奶呀。
許老二	我諗你應份召返晒個個女喺齊度嘛。

何弼臣	應份，不過唔係啫，佢哋嫁晒咯，個個掉低晒我，我死都冇人送終嘅咯，等我死咗之後，佢哋就或者會知錯咯，噉樣對我！豬髀，舖頭冇嘢俾你做咩？
王老大	我落力搵真啲怕會有嘅。
何弼臣	噉就去搵啦，拎埋隻魷魚走啦，我怕嗰陣「除」呀。
王老大	(取魷魚)你真係唔想叫大姑娘返嚟？我去叫佢吖，仲——(手中魷魚甚近何鼻)
何弼臣	去啦，去叫佢啦，去叫埋閻羅王吖笨，你叫邊個都冇所謂啦？我都「嗰頭近」、「死緊頭」咯。

王取魷魚自左下。

許老二	做乜猛提個「死」字啫老何？
何弼臣	老二呀！老二呀！我叫咗個西醫嚟緊㗎喇，好快就知我仲「丟」得幾耐嘅嘞。
許老二	好似突然啲噃。(坐右椅)你成世人都未病過。
何弼臣	「儲」埋晒吖嗎，今次「一氣」發晒出嚟囉。
許老二	你見點啫老何？
何弼臣	得一樣唔妥啫，不過係由頭殼頂落到腳趾尾囉。我自己都驚自己呀老二。最「弊家伙」今次咯。你都話我個人算「乾淨」嘅老二？
許老二	「乾淨」？係吖，個人同個心都「乾淨」吖。
何弼臣	依家我「邋遢」晒喇，我今朝都冇洗面，我唔敢對住盆水呀，我要水嚟唯一係用嚟浸瓜自己嘅啫。剃鬚都係呀，我響窗口掟咗把剃刀出街喇，唔掟唔得呀，唔係我會自己鋸頸㗎。
許老二	咪噉啦，咪噉啦。

何弼臣	真係得人驚呀，我以後都唔信自己嘅嘞。我要留鬚嘞——如果我有命嘅。
許老二	你未有耐去嘅老何，不過我估睇吓醫生都好啲嘅，你估個病源係乜呢？
何弼臣	「人和悅」囉。
許老二	你唔係話——
何弼臣	我唔係「話」，係「知道」，我見過第啲人嘅㗎喇，不過勢估唔倒會輪到我啫。
許老二	我都估唔倒啫，你都唔算酒鬼吖老何，係就係日日飲，不過冇過量吖。一個人若果飲兩杯「孖蒸」會嘅樣「現眼報」嘅就真係「淒涼個妻」咯，容乜易下個輪到我㗎！

王左上，引馬化麟醫生上，五十歲趾高氣揚的西醫。

王老大	「馬化麟醫生」呀。

王下。

馬化麟	早晨兩位，我個病人呢？(放黑手提箱於桌)
許老二	(並不指出何)响喱度。(並不立起)
馬化麟	响喱度？起咗身？
何弼臣	你有眼見㗎啦。
馬化麟	為咗個落得地嘅病人，就咁早「抄」(去聲)醒我？
許老二	都唔算好早吖。
馬化麟	但係我成晚做通宵嘩先生，後生女頭一胎囉。你係咪何弼臣先生呀？

許老二	（急急）梗唔係啦，我都冇病。
馬化麟	唔，幾難估嘞。你兩個都批咗命响塊面度咯。
許老二	你唔係話我——？（立起）
馬化麟	我係話佢就「已經」，你就「就快」。
何弼臣	醫生，你仲唔睇我？

許繞過何椅往台後再往桌左。

馬化麟	馬上就睇嘅先生。（坐其旁把其脈）
何弼臣	我今朝「天矇光」嗰陣好唔自在呀，成世都未搵過醫生嘅。
馬化麟	早應該搵嘅，你冇搵咋。
何弼臣	之但係今朝——
馬化麟	I see，我知道。
何弼臣	乜話！你知！
馬化麟	盲嘅都知啦，see？
何弼臣	吓？「I see」囉「叻」。（台山話：抵死囉你）
馬化麟	個個盲嘅都知，淨係爭一個最盲嘅就係你自己。
何弼臣	你好鬼死「好口」嘸。
馬化麟	你想聽好說話嘅，搵你老友咪得囉，我俾你嘅係我嘅專家意見。
何弼臣	我要嘅係你對我個症嘅意見，唔係講我份人。
馬化麟	你個症同你份人都係一樣啫。
何弼臣	噉唔該你分返開佢做兩樣，然後話我知——

馬化麟	（立起取藥箱）我唔話你知，先生，唔係病人叫我就是必斷症嘅，係照我嘅學識同判斷，拜拜嘞。（轉向左）
許老二	（在桌端會之）但係你都未斷症。
馬化麟	先生，如果我要喺第三者面前睇我嘅病人嘅，嗰個第三者最起碼都要做得到合埋佢個口。
許老二	嘅講法冇彎轉啦，佢唔扯就我扯。
何弼臣	你不如扯啦老二。
許老二	有第啲醫生㗎老何。
何弼臣	我搵住喱個，我要教訓吓佢，「番書仔」嚟到西環唔「恰」得倒我喱個「地頭蟲」嘅。
許老二	既然係嘅我就扯嘞。
何弼臣	事實係嘅，我同「番書仔」鬥「揦拃」都係「床下底踢毽——一樣咁高」嘅啫。

許自左下。

馬化麟	嘅就好啲，何先生。（放下箱回右）
何弼臣	「何先生」好返啲都唔係你功勞吖。
馬化麟	我諗我嘅「激將法」——
何弼臣	若果你啲「算帳法」，同你啲「激將法」一樣嘅計法就實「揦掰」咯。
馬化麟	我斷鐘數計錢㗎何生，故此不如講返正題哩，搵起件衫啦。
何弼臣	（如言）冇「整蟲」我吖嗎。
馬化麟	（不理其言檢查）嗯，I see，證實晒我嘅「初步診斷」。你今個上晝試過「精神崩潰」係嗎？

何弼臣　　你話係咪係囉。

馬化麟　　「憂鬱」呀？「情緒低落」呀？

何弼臣　　(拉好笠衫)係剃刀鬥贏我定我鬥贏剃刀嘅問題，喱趟就我贏咗，把剃刀响後巷咯。但係我以後都唔敢再剃鬚嘅咯。

馬化麟　　I see，你真係要我話個病源你聽咩何生？

何弼臣　　我俾「鹹龍(上聲)」你話我知嘅嘞。

馬化麟　　「長期酗酒」囉，怕你唔識解啫。

何弼臣　　識。又話我「I see(抵死)」嘅話啦。

馬化麟　　係嚴重性㗎。

何弼臣　　我知道嚴重，唔係請你嚟做乜喎？我唔好搵中醫慢慢「偶」(去聲)返好佢？我老早知嘅嘢，你講我聽有鬼用咩，醫好我至係正題。

馬化麟　　噉好吖，我開藥俾你。(出記事簿，據桌坐寫藥方)

何弼臣　　唔使寫嘞！

馬化麟　　乜話？

何弼臣　　我唔會食嘅，我貪你哋西醫打支針快見功啲之嗎，你啲「五顏六色」藥水我死都唔肯食落肚㗎。

馬化麟　　何先生，你再唔改你啲所為，我寫紙送你上「高街」㗎。你知唔知你再噉飲多六個月噃就肯定「進斗」㗎？今朝係一個「警告」，有腦嘅人就會聽話而「你」：都要聽話呀「腥」。

何弼臣　　聽話食你啲藥呀？

馬化麟　　That's right，何先生，你要食喱隻藥，仲要以後戒清晒酒。

何弼臣　　你要我戒咗我嘅「唯一消愁」？

馬化麟　　我絕對禁止飲酒。(再寫)

何弼臣	你咪禁到夠囉，我飲咗成世人咁長，我要飲到死嗰日。若果「孖蒸」砌得低我嘅，我一路「牽」緊氣都仲要砌過。我唔會「斬腳趾避沙蟲」嘅戒酒，嚟駁長我條「無酒不歡」嘅命㗎，做人要有「人生樂趣」我至肯做埋落去嘅。
馬化麟	（立起，又取箱）你係噉講法嘅，請我返嚟都冇用啦。（往左前）
何弼臣	有用，我仲即刻「磅水」俾你㗎。（立起掏荷包數錢）
馬化麟	你諗通咗就恭喜你嘞何先生。
何弼臣	唔係，公平交易啫醫生，我都收咗貨咯。你直程係一劑藥嘅，今早起身嗰陣，我仲估喱世都見唔倒「人和悦」嘅咯，誰知家下我又「喉嚨痕」想整返杯「浪」（上聲）口咯。（遞錢）
馬化麟	（放下箱，趨何，誠懇地）哈，話住你都冇有識死嘅？你個正蠢豬㗎嘅，你「五臟」嘅嘅情形呀，酒對你係「穿腸毒藥」嚟㗎，「實死冇生」㗎，「腸穿肚爛」㗎。
何弼臣	你越講越「勞氣」嗎，收唔收錢呀你？（遞錢）
馬化麟	收，應份嘅就收，袋返佢先啦何生，我仲未講完㗎。
何弼臣	我以為你唱晒嚟。（復坐）
馬化麟	（往何右）你知唔知你「兜風耳」好惡教呀？你死都要砌過係嗎？「威」啦，咁「口響」咁「豪氣」可，老兄，不過你唔會噉做㗎，聽倒嗎？我唔會放你走甩嘅，我「鍊」實你嘅嘞，你死嗰陣要戒晒酒嘅，仲要咁長命得咁長命至准死。你有冇老婆㗎何生？（何指向天）响樓上？
何弼臣	再高啲嚟。
馬化麟	I see，真係可惜，你嘅嘅人應該有個老婆响身邊好啲。
何弼臣	我冇你咁「發女人寒」嘅。
馬化麟	女人係「必需品」嗎阿腥，你有冇啲女人親戚，看得住你㗎？

何弼臣	看住我？
馬化麟	一步都管住你囉？
何弼臣	我有三個女嘅，馬醫生，往日佢哋真係想一步都管住我呀。
馬化麟	係咩？噉佢哋呢？
何弼臣	嫁晒咯——嫁得「唔三唔四」噤。
馬化麟	你迫到佢哋嘅嘅。
何弼臣	佢哋個個都「白霍」晒，美娟最「巴辣」噤。
馬化麟	美娟？噉我話你知點做啦，何弼臣先生，你要搵何美娟返嚟，幾大都要、幾下氣都要，我以你醫生嘅身份命令你去搵美娟返嚟。(何蠢動)我唔識美娟，不過我就係開喱味藥，仲有——知死未呀腥？今勻咪唔聽教喇。
何弼臣	我話你聽我實唔制㗎。
馬化麟	點到你唔制。你係就係「牛皮燈籠」夾「死牛一便頸」，不過我同你「夾眼緣」，我唔俾你整死自己。
何弼臣	我幾辛苦至撤甩晒嗰「三個女人一個墟」，故此——
馬化麟	故此你隻「甩繩馬騮」就搞到「一鑊泡」。嘩，你講喱個美娟——你話我知佢住邊度，我撲上門去親自講掂佢，我依家都唔爭在蝕埋腳骨力為你好咯。
何弼臣	你「睇白」嘅時候嘅啫。
馬化麟	我「睇白」醫好你㗎何生。(往中，轉頭)
何弼臣	佢唔會返嚟嘅。
馬化麟	哦，兩睇啦。若果佢夠精嘅，就我都同你噉話：佢唔會返嚟，不過女人之家都係心軟嘅，或者佢終歸都係「錫住」你呢。
何弼臣	我唔使人「錫住」。

馬化麟	若果我冇估錯佢係邊種女人呢，佢就唔會「錫住」你，佢會管束你。(何立起欲言)咪「暫亂歌柄」呀腥，我講緊嘢。
何弼臣	我聽倒。(坐下)
馬化麟	你叫我醫好你吖嗎、拮你一針吖嗎，喱一針就叫做「美娟」，「美娟」呀先生，聽倒嗎？「美娟」! See？

美自左上，衣旗袍。

美娟	講我乜嘢呀？
馬化麟	(失驚，之後)你係「美娟」？
美娟	我係美娟。
馬化麟	你合格。
何弼臣	(回了氣)你返嚟喱間屋度做乜？
美娟	我返嚟係有人叫我返嚟嘅。(往中)
何弼臣	邊個叫你返嚟㗎？
美娟	豬髀囉。
何弼臣	(立起)豬髀直程抵馬上「炒魷魚」呀。
馬化麟	(穩之)坐低，何生。
美娟	佢話你病得好沉重。
馬化麟	佢係沉重㗎，我係馬化麟醫生。(往中)你肯唔肯搬返嚟喱庶住呢？
美娟	我嫁咗咯。
馬化麟	我知，乜太呀？
美娟	莫。
馬化麟	莫太，你伯爺飲到自己就嚟瓜得嘅喇。

何弼臣	喂，醫生，你同我兩家私人講嘅嘢，唔係係人都聽得嘅嘛。
馬化麟	我睇得出令千金唔係喺「挺」背脊揻定棉胎驚聽完會「累」(上平聲)低嘅人。
美娟	(遇知己地點頭)講落去啦，我要知道晒「來龍去脈」。(往桌右坐下)
何弼臣	「幸災樂禍」之嗎。
馬化麟	我唔同意嘑何生，如果莫太要犧牲自己頭家嚟顧住你，佢大條道理應份知道為乜。
何弼臣	「犧牲」！你見過佢頭家就會改口嘞。「正街」兩間地牢之嗎。
美娟	我「聽」緊呀醫生。
馬化麟	我生出唔鍾意俾啲病人走甩我手指罅嘅 —— 如果避得倒嘅話，阿莫太，我會盡我嘅力醫你伯爺，不過冇你嘅「藥」做後盾呢，我嘅藥都冇用，佢經常要有人好好噉管住佢。
美娟	我冇做女嗰陣時咁有把握嘛。
馬化麟	你一日唔搬返嚟喱度住就一啲把握都冇，我都無謂講做人仔女嘅責任嘞，因為我思疑佢都冇乜好對待你，不過站在人道嘅立場，你肯返嚟就救人一命 ——
美娟	睇過啦。
馬化麟	唔好「睇過」喇，你話實到底返唔返呀？
美娟	你講咗你嘅諗法，有剩就係我嘅事。(立起往左)
何弼臣	講得啱，阿美娟。(向馬)「八卦」管理人哋啲私事就有嘅嘅報應嘞。噉就「劫」(夾也)住條尾走啦，馬化麟醫生。
馬化麟	剛剛相反，何生，我走得好安心，我充份相信留低你有人好好照顧。(在桌右)莫太，枱上便有一張藥方，其餘兩味呢，一味係「戒酒」，一味係 ——「你」。
美娟	(友善地點頭)好行。

| 馬化麟 | 拜拜。 |

馬自左下，美取藥方送至左門。

美娟	豬髀！（立門旁，王上立門口）你去去正街度叫我老公嚟一嚟，返轉頭順路去「電車路」汕頭藥房配埋藥。
王老大	好啦大姑 —— 莫師奶。
美娟	叫莫生馬上嚟。

王頷首下，美往右。

何弼臣	美娟，你知道我唔戒得酒嘑，我大鋪癮嘅，又咁大年紀嘑。
美娟	若果我嚟監住你就戒倒。
何弼臣	你真係嚟？
美娟	我仲未知，我未問過我男人。
何弼臣	你問莫威！美娟，我本來好睇得你起嘅，搵啲噉嘅藉口！你要嚟嘅就莫威話乜都一樣計數，你明知嘑。
美娟	我唔想返嚟喫爹，要服侍你養好身子實唔慌嘆得去邊嘅嘞，但係若果阿威話我應份嘅做我就會返嚟。（坐桌右）
何弼臣	你知我都知：問阿威即係「例行公事」啫。
美娟	「例行公事」！（立起往右）我男人係「例行公事」！佢係 ——
何弼臣	你話囉，總之你屋企「揸攤」嗰個唔係佢啦。
美娟	阿爹，我「男人」始終係我「男人」，佢第樣係乜都好啦。我「屋企」始終係我「屋企」，你頭先對馬醫生講衰我嗰筆我會慢慢同你計數。一個「外嫁女」要返去外家唔係福氣嚟喫。（往右中）

何弼臣　　　嗱，美娟，你「開心見誠」，我又「開心見誠」講。我個人決定咗點就點，你一於搬返嚟。醫生叫嗰陣我「瓦封領 —— 包頂頸」要手擤頭，不過理佢死人啦，依家我要你咯。你哋做女嗰陣慣咗激我，家下你哋要返嚟服侍我。

美娟　　　個個都要？

何弼臣　　　唔係，乜個個都要呀，你係長女吖嗎。

美娟　　　「出嫁從夫」嘛。

何弼臣　　　「從」佢個死人頭，你唔應份「在家從父」嘅咩？

玉自左上，大清早打扮得過份華麗，極度囂張。

美娟　　　你都唔只我一個女吖。

玉娟　　　嚟咗好耐嘑大家姐？

美娟　　　一陣啫。

玉娟　　　(左中)嗊就係喇，慘得過律師太冇造鞋佬老婆咁早起身「病」。豬髀揾到上門嗰陣你實係起咗身嘅啦。

美娟　　　早兩個鐘頭經已起咗身咯。(往右後)

玉娟　　　(趨何)你睇落冇嘢呀爹，氣色幾好吖。

何弼臣　　　我好唔自在呀。

美娟　　　(坐桌右)佢唔多「盞」咋玉娟，醫生話我哋是但一個要搬返嚟住，照顧佢喎。

玉娟　　　我自己住響般含道嘅。

美娟　　　我都聽人講過係嗰左近，是但有個要返外家囉。

玉娟　　　我都慣咗我依家嗰嘅環境咯，點都唔會要我住返喱啲嗰嘅地(音定)方㗎。

何弼臣	玉娟！
玉娟	計我話就應份係大家姐嘅爹，佢係長女吖嗎。（往桌後）
何弼臣	我就話你係——

不知「係」甚麼，因為惠上，惠聲價十足地往右趨何，玉往左。

惠娟	爹，你病呀！（擁其頭）
何弼臣	惠娟！我嘅乖豬，卒之都有個女「疼錫」我。
惠娟	梗係「疼錫」啦，佢哋有咩？（退出其握）
何弼臣	你肯同我住嗎，惠娟，肯唔肯？
惠娟	乜話？（站開）
美娟	我哋是但有個要搬返嚟服侍佢。
惠娟	哦，嗰實冇我份嘅，大家姐，我依家嗰嘅「身勢」！
美娟	咩嘢「身勢」呀？
玉娟	你唔知咩？
美娟	唔知嘑。

惠向美耳語。

何弼臣	整乜鬼啫？你哋「字字浸浸（下平聲）」噏乜啫？
美娟	爹呀，趁阿威未嚟你着返件面衫好唔好？（往右趨之）
何弼臣	着返面衫嚟見阿莫威？阿女，你有啲「倒亂尊卑」嘑。
惠娟	（往中）大家姐，你對住外人就詐諦「懶」尊重個老公啫，對住我哋使乜嗰啫，我哋知晒阿威啲嘢嘅。

美娟	阿爹，一係你就着衫見阿威，一唔係我就返屋企。我要你哋尊重佢。(往窗)
玉娟	我估你橫掂都要着面衫㗎啦爹。
何弼臣	(立起)係吖，我係預算着面衫吖，不過你咪諗歪(音「孤」上聲)呀美娟，唔係為咗莫威㗎，係因為我條頸凍咋。

何右下。

美娟	(趨台前)好嘞，我哋邊個搬返嚟？
惠娟	你望住我都冇用㗎大家姐，我都話咗我「有咗」咯。
美娟	「有咗」唔返得嚟咩？我哋一樣會有嘅啫。
玉娟	大家姐！
美娟	做咩啫？嫁咗嘅女人就會「大肚」㗎啦，我哋個個都嫁咗喎。
玉娟	總之我唔會拆散我嘅家庭，喱樣「二四六八單」冇得變。
惠娟	我喱份就顧咗我個「啤啤」先。
美娟	我明嘞，你有成屋靚傢俬，你就有個「啤啤」嚟緊頭，故此你哋睇住阿爹飲到死都唔理嘅嘞。
玉娟	你噉講唔公道喎，若果有第個幫得嘅我都會制，大家姐，你明知喱個係你嘅責任嚟㗎喇。
惠娟	「責任」？我仲估「跍」地牢「跍」咗成年，返嚟住算係「嘆世界」嚟。
美娟	我同阿爹住咗卅年，嘆夠咯。(往坐桌右)
玉娟	你即係話你唔肯返嚟咯喎？
美娟	唔係我話，要由我老公話。

惠娟　唉，好心你咪一日提住你老公嘞，二家姐同我都唔使問過老公，你更加唔使問啦。莫威仲冇膽過隻老鼠，喱樣就你知我知係人都知嘅啦。(往神位)

美娟　或者你冇見佢咁耐佢唔同咗款呢惠娟，都成年咁滯咯，佢啱啱入到舖面喇，我出去同佢講。(美立起左下)

惠娟　搵住佢！(趨門)

玉娟　(止之)由得佢自己鍾意點做啦。我就實唔肯搬返嚟嘅嘞。

惠娟　(在玉右)我夠唔制咯。

玉娟　係得大家姐一個啫。

惠娟　係囉，不過我哋要因住嚡二家姐，唔好俾佢乜都話晒事呀。

玉娟　我哋都有份出主意喎？

惠娟　唔返嚟就係我哋嘅主意，不過到佢一個人對住老豆，我哋就冇份——(住聲)

玉娟　係嚡。

惠娟　你明唔明我怕乜嘢呀二家姐？好難講出口，若果阿爹有乜「冬瓜豆腐」，美娟同阿威佢哋就响佢身邊，你同我就——「日久生疏」。你明唔明我意思啫？

玉娟　佢剩落副「身家」俾晒佢哋？

惠娟　噉你話對我同你幾唔公道呢。

玉娟　要叫阿爹即刻立遺囑，搵小詩同佢寫。(往右)

惠娟　啱嘞二家姐，唪，咪俾大家姐同阿威講咁耐嗦，佢响度教佢老公講啲乜之嗎，然後就詐諦話係佢老公自己諗倒嘅。(開左門)咦，阿威，你「擒」上張梯庶做乜呀？

莫威　(外場)「睉睉」啲存貨之嗎。

惠娟	(大慍)係阿爹嘅貨，唔係你嘅。
莫威	係吖，之不過若果要我「承受」一件嘢，我都想知吓係乜嘢嚟先略。
玉娟	喱句實唔係莫威講嘅。
惠娟	(仍在門口)你「承受」喱度？

威左上，美隨上，威並非盛氣凌人，而是發跡而自信，與玉及惠分庭抗禮。

莫威	「出價」係噉吖嗎，唔係咩？
惠娟	(中)我唔覺有出過價噃。
莫威	好喇，美娟，上去帶你阿爹落嚟，爽手啲呀，我舖頭好唔得閒㗎，喱度又點呢？

美脫威之鴨舌帽放櫃上，自右出。

莫威	「何弼臣」喱間舖呢，最旺嗰陣時都幾好生意嘅。
玉娟	你講乜鬼呀？依家都仲幾好生意吖。
莫威	你試吓「頂」俾人你就知嘞，存貨「架撐」夾埋晒「頂」倒四百銀度啦。(往中)
惠娟	你咪亂噏啦威，阿爹喱間舖「頂」得四百銀！
莫威	依家係值四百啫，「今時唔同往日」呀惠娟。
玉娟	你係話阿爹係「空心老倌」呀？
莫威	你唔係嫁「訟師」出咗行呢，就會聽倒啲行家今時今日點睇你阿爹嘅嘞。惠娟就會知，佢老公都係做買賣嘅。
惠娟	(受辱地)我阿發「做買賣」！

莫威	唔係咩？
惠娟	佢做「批發」㗎，喱啲叫做「做生意」，唔係「做買賣」。講返阿爹間舖值幾多錢都唔關你事吖莫威。（威往左）
莫威	或者關㗎，若果美娟共我係搬返嚟嘅呢──
惠娟	你哋係嚟服侍阿爹咋。
莫威	喱樣嘢美娟縛住一隻手都做得掂啦，我就打理盤生意。
玉娟	人哋「判」乜嘢俾你你就做乜嘢。
莫威	「判」就由我嚟「判」囉玉娟，若果我哋返嚟，就要照我嘅條件至返。
惠娟	啲條件要公道㗎。
莫威	我會睇住對我同美娟公道嘅。（往右）
玉娟	莫威，你知唔知你同邊個講緊嘢呀？
莫威	（轉身）知，我兩個姨仔吖嗎。依家時勢轉咗啲，唔似得往日你响依間舖庶指到我「冰冰轉」啊可，玉娟？
玉娟	係唔同咗，我依家係包小詩太太。
莫威	係，外人咪噉叫你囉，你怕唔知依家原來好多人叫我做「莫生」噃，我哋都撈起咗啊可？

玉往台後。

惠娟	有啲人「暴發」得快過頭。
莫威	一個個人諗法啫。（往中）我淨係知美娟同我搞掂你哋筆嫁妝嗰陣，幫咗你哋爬高好多。不過我又唔覺我兩公婆有「憎人富貴厭人窮」，「眼紅」你哋「暴發」噃。

何與美上。

莫威	早晨阿爸。聽見話你唔精神係嗎？
何弼臣	我都唔同咗嗰個人咯阿威。（趨前坐右扶手椅）
莫威	一早都應份改吓嘅咯。
何弼臣	乜話！（立起）
美娟	坐低啦阿爹。
莫威	（坐桌右）好嘞，我哋唔好講太耐喇，你要我等咗你咁耐，我啲時間好「矜貴」㗎，我舖頭咁忙。
何弼臣	你間舖係咪緊要得過我條命吖？
莫威	噉即係好似問一斤棉花重定一斤鐵重嘅啫，我關心你條命係因為阿美娟佢關心，不過我唔係關心到肯為咗你連生意都蝕埋喎。
何弼臣	我亦都有權望你做到嘅吖威。
莫威	你根本冇權望我關心你生定死。
美娟	阿威！
莫威	咩嘢啫？你叫我「辣」啲㗎嗎，唔係咩？

美坐右前。

玉娟	我哋就噉「𱃹」响度睇住大家姐同阿威趁阿爹病攞佢命呀。

現時位置：美坐右前，何坐扶手椅，玉立二人中稍後，惠立桌左。

莫威	你哋冇需要留响度吖。
何弼臣	喱句就珍珠都冇咁真嘞莫阿威。
惠娟	爹！你幫埋嚟「對付」你嘅親骨肉。

何彌臣	你有乜資格講喱句呀，「乖」女。你哋兩個都唔肯丟低頭家㗎打理我。你哋唔係幫我嘅噉咪就係「對付」我嘅敵人囉。
玉娟	我哋唔係你敵人嚟㗎㗎爹，我哋想留响度睇住阿威唔好「蝦」你呀。
何彌臣	哦，我自己顧唔掂自己咯，係嗎？要你哋兩個女嚟保住我，驚我俾人「呃」，俾邊個「呃」呀？俾莫威「呃」！我係就係病，不過我仲有力頂得順半打佢嘅嘅人，若果你哋諗住我病到冇晒丈夫氣，噉你哋就躝去第度諗到夠，唔好响我屋企諗埋啲嘅嘢。
惠娟	但係爹——阿爹呀，我係你「親」——
何彌臣	唔多「親」啫，返嚟陪我要諗過至應承就已經打晒折頭啦，莫講話你嘅「卸膊」法咯。一個孝順女呀，一諗到幫倒個老豆喎，應份「㩿」飯應夾「仆」倒嚟——「跳」倒嚟啦，好似生蝦落鑊嘅跳囉。
玉娟	大家姐有冇「跳」到吖？
何彌臣	阿美娟佢仲學「生蝦嘅跳」就老好多嘞；不過佢都肯諗吓返嚟住吖，噉已經做多過你啦玉娟，係咪？吓？你到底肯唔肯返嚟吖？
玉娟	(慍怒哋)唔肯。
何彌臣	你呢惠娟？
惠娟	係個「啤啤」呀爹，我——
何彌臣	咪理佢係乜啦，你返定唔返？
惠娟	唔返。
何彌臣	噉你哋啲唔肯嘅可以留返我同啲嘅肯嘅傾嘞。
玉娟	你係話叫我哋扯呀？

何弼臣　　　我聽見話你哋有頭家要返吖嗎。

玉娟　　　　爹呀！

何弼臣　　　幫佢哋開門啦威。

威立起，往開門，玉與惠不言怒視。然後玉先氣憤地取桌上手袋。

玉娟　　　　惠娟！（往門）

惠娟　　　　哼，不分好醜！

美娟　　　　（坐神位旁椅中）若果你哋唔「嫌棄」嘅，好歡迎你哋禮拜日晏晝嚟坐吓、或者一齊去「高陞」飲吓茶呀嗽。

惠娟　　　　「暴窮惡抵，暴富惡睇。」

二人下。

莫威　　　　（關門）好嘞，嚟啦，唔使咁勞氣嘅。（回坐桌右）

何弼臣　　　好啦細路，我話你知我點做吖。

莫威　　　　好，有咗啲闊太太响度容易傾「埋欄（上平聲）」嘅嘅。

何弼臣　　　佢哋對眼都走咗上額頭庶咯，佢兩個同你兩公婆係唔同嘅，我應份記住嘅，以後就會記住。一個人應慳得慳，應使得使，嘩，你哋搬返嚟喱度，喱間屋，兩個都返，你哋愛咗尾房自己住。喱間廳就我同你哋孖份用。美娟當家。若果仲有時候多出嚟就幫吓舖面。我俾份工阿威打。你可以坐返地牢度你舊時張橙位，阿威，我照舊支返個八銀錢一日人工俾你，家用就你同我「擘開」一人一半，若果噉都唔算「闊佬」，我都唔知點至算嘞，我幫你搵間屋唔使交租嘅，仲出一半幫埋你養老婆嗽。

莫威　　　　返屋企啦美娟。（立起往左）

美娟	我睇要返扯咯。（立起）
何弼臣	趕住去邊喎？
莫威	你就或者未知——（略移右）——我响正街有檔生意㗎，我就响喱度嘅晒啲時候唔打理佢。
何弼臣	嘅時候？美娟，阿威佢做乜啫？我開咗價錢俾佢咯嘛。
美娟	佢自己有間舖要打理呀爹。
何弼臣	（不信地）「何弼臣」有份工肯請你，你點會掛住响正街個嚙牟地牢自己嗰間嚙牟舖㗎。
莫威	美娟，我哋講佢聽定係扯呀？
何弼臣	扯，我唔會留住個——（立起）
美娟	若果佢扯我就跟埋佢扯㗎爹，你都係坦白講啦威。
莫威	好啦，我哋响嗰間「嚙牟」地牢做咗成年，你估我哋做成點吖？我哋還清晒冷和符夫人借我哋「起家」嘅本錢之外，仲賺倒個錢嚟。我哋拉走咗你啲上客吖嗎，間舖係個地牢啫，仲好似你話齊，好「嚙牟」，不過啲大客仔情願嚟幫襯我間嘢，唔嚟你度，你盤生意一路牟到你淨得有布鞋賣。你冇生意嘅喇，我同美娟「攞」晒咯，而家你低聲下氣「危」（上平聲）佢返嚟同你住，你淨係諗住我個八銀錢日嗰份舊工。係「我」呀，係頂到你要「紮炮」嗰檔生意嘅事頭呀。
何弼臣	但係——不過——你係莫威，係我嘅舊伙記。
莫威	係，我以前係，不過之後我爬高咗啲喇，你個女嫁咗我，落力嘅教我，峄——依家我話你知我會點做，我對你嘅係至唔話得嘅嘞：我閂咗我間舖——
何弼臣	唓！嘅聽落又唔係咁「發」啫。

莫威	我係做得好「發」，不過喺喱度會仲「發」啲喇，我會搬嚟喱個舖位繼續做，嘪，我最「闊佬」嘅就係噉嘞：我俾你同我拍檔做「合伙人」，賺倒嘅分一半俾你，條件就係你要做個唔理事嘅「股東」，咪想干涉我嗰份。(往左)
何弼臣	「股東」！你 ── 做依度 ──
莫威	間舖個招牌，就叫做：「莫威，故何弼臣」。
美娟	等陣先，威，我唔同意嗽樣。
何弼臣	(轉向她)哦，你終歸肯出句聲嘪，我仲估你兩公婆一齊「冧」晒嚇。
美娟	最好咪用「故何弼臣」嗽嘅字啦。
莫威	(左中)哈，我想係嗽嘛。
何弼臣	唔該你哋等陣先，我想睇吓我有冇聽錯。(往左中)「我」自己頭生意，分返一半俾「我」，仲要條件係「我」冇份打理佢，你係咪嗽講吓？
莫威	係嘞。
何弼臣	哈，厚面皮我都見得多，不過 ──
美娟	係咁啱喫喇爹。
何弼臣	你聽唔倒佢點講咩？
美娟	係吖，嗰啲決定咗嘅啦，講掂晒嘞爹。(推之)我哋淨係「拗」緊個舖名之嗎。(向威)我唔肯要「故何弼臣」喫威。
何弼臣	我仲未死喫衰仔，等我俾啲顏色你睇吓你就知。
美娟	我諗「何弼臣莫威」最好嘞。
何弼臣	佢個名「擠」响我個招牌度！

莫威	我最多嗌嘅啫:「莫威何弼臣」啦。
美娟	唔好。
莫威	「莫威何弼臣鞋店」,若果唔係我哋就返正街啦美娟。
美娟	好啦好啦,「莫威何弼臣」啦。

威往左。

何弼臣	但係──

美往右後。

莫威	(開門看前舖)我要裝修吓間舖㗎,我要改吓。

威出門取舊藤椅復上。

何弼臣	改我間舖!(往中)
莫威	係「我」間。你睇吓張椅,你點叫得啲上流人客入嚟坐落張嗷嘅椅度吖?嚀,我哋度雖然係地牢咋,之但係客仔試鞋都有花梨木櫈坐㗎,加埋椅墊㗎。
何弼臣	椅墊,縱壞啲人客咯。

美往右前。

莫威	地牢就用椅墊,喱間舖要用皮梳化,人客鍾意俾人縱壞咯,縱吓佢哋有着數嘅。(端椅出,復上)仲要鋪埋地氈㗎。
何弼臣	地氈!皮梳化!後生仔,你估喱間舖係响上環「永安」嗰派呀?

莫威	仲未係，不過有日子嘅。
何弼臣	佢講乜啫？（仰天）
莫威	由大道西去上環都唔遠得過由正街嚟大道西依度好多啫，我一年內跳咗一步嘞，等耐啲我再跳第二步。

何坐桌右。

莫威	美娟呀，我估講完啲嘅嘞，你阿爹怕要出去嚟返啖新鮮空氣嘅，因為嚟得好突然，唔啱你陪佢行路去包小詩寫字樓庶，揾小詩整份合伙嘅合同吖。
何弼臣	（悲哀地先看美，再看威，服從地立起）我去攞頂帽。

何右下。

莫威	佢成個「cur」（下平聲）晒呀美娟。我驚我恰得佢太犀利啫。（往右中）
美娟	你唔使嘞。
莫威	我對佢嘅講嘢法，聽落好似我係真心嘅喺。
美娟	你唔係咩？
莫威	我係？係……怕係真嘅，嗰先至最衰……我對佢嘅，你叫定我要「強硬」，要我運用你俾我嘅「力水」，但係佢係舊老闆，而——
美娟	而你係新老闆。
莫威	「何弼臣」嘅老闆！真係發夢都估唔到。我講得夠唔夠「老定」呀美娟？
美娟	你講得好。

莫威	(坐桌右)係咩，不過我得把口嘅咋，啲説話出咗我口，嚇到我都跳起：原來自己咁大膽，收尾同你「拗」到個舖名嗰陣呀，我話你知我對腳直頭响鞋裡便震緊㗎，我講到興起啫，唔係就唔敢「駁」你㗎美娟。
美娟	唔好「嘈」住呀威，(趨之)你係我一手造成嘅，我覺得好值得讚賞。
莫威	你嘅讚賞，同我對你嗰種欣賞又唔同，呀，我醒起嘞。(立起，往取帽)我有工夫要做。
美娟	乜嘢工夫呀？
莫威	(往左前)哦 —— 咪啲裝修囉。
美娟	你未同我商量過之前乜都唔好郁呀吓。
莫威	得喇老婆。(趨之取起其手)
美娟	整乜鬼啫？咪攞我隻結婚戒指啦。(掙脱)
莫威	你戴隻銅嘅都戴夠啦。
美娟	我會成世戴住佢㗎威。
莫威	我要「找」過隻真金嘅俾你呀美娟。
美娟	你咪「找」囉，我出嚟見人就戴你隻真金，不過隻銅戒指就死都唔除嘅嘞，威，到我哋好有錢、好沙塵嗰陣，我哋至好靜靜地坐埋一齊，望住隻銅戒指好耐好耐，等我哋唔好忘本，唔記得我哋本來係點嘅……「可」，阿老公仔！(愛撫之)
莫威	「可」，阿老婆仔！(擁之)

何戴帽上。

美娟	得嘑，阿爹，我哋去小詩度啦。
何弼臣	(服從地)係，美娟。

美與何左下，威往台前，臉上充滿驚喜勝利及不相信表情，於是 ——

莫威　　　哈，咁「過癮」！（轉身下）

劇終

陳鈞潤 (1949-2019)

陳鈞潤，香港出生，是著名的戲劇翻譯家、編劇、作家及填詞人。自上世紀七十年代起翻譯歌劇中文字幕多達五十多部，至八十年代中更開始為香港劇場翻譯舞台作品超過五十部，其中不少是廣受歡迎且多次重演的經典名作。

陳鈞潤六十年代於皇仁書院畢業後，考獲獎學金入讀香港大學，主修英文與比較文學。曾任香港大學副教務長、中英劇團董事局主席、香港電台第四台《歌劇世界》節目主持及康樂及文化事務署戲劇及歌劇顧問。陳鈞潤文字修養極高，他翻譯的作品，人物語言極具特色，而最為人津津樂道的，是他把舞台名著改編成香港背景下的故事。他善用香港老式地道方言俚語，把劇本無痕地移植育長，其作品是研究香港戲劇和語言文化的珍貴寶藏。

學貫中西的陳鈞潤以其幽默鬼馬卻又不失古樸典雅之翻譯風格而聞名。他以香港身份為本，將西方劇作本地化及口語化。多年來其作品享譽盛名，當中包括改編自莎士比亞的浪漫喜劇《元宵》、法國愛情悲劇《美人如玉劍如虹》、美國黑色音樂喜劇《花樣獠牙》、《相約星期二》、《泰特斯》等不朽經典。

陳鈞潤多年來於戲劇界的表現屢獲殊榮，包括：1990年獲香港藝術家聯盟頒發「劇作家年獎」；1997年獲香港作曲家及作詞家協會「本地原創正統音樂最廣泛演出獎」；1998年其散文集《殖民歲月 —— 陳鈞潤的城市記事簿》獲第五屆「香港中文文學雙年獎」；2004年以「推動藝術文化活動表現傑出人士」獲民政事務局頒發「嘉許狀」；及獲香港特別行政區頒授榮譽勳章。除此，陳鈞潤一直在報章撰寫劇評，為香港劇場留下大量的資料素材，貢獻良多。

陳鈞潤翻譯劇本選集——《女大不中留》

原著
Hobson's Choice by Harold Brighouse

翻譯及改編
陳鈞潤

策劃及主編
潘璧雲

行政及編輯小組
陳國慧、江祈穎、郭嘉棋*、楊寶霖

校對
郭嘉棋*、江祈穎、楊寶霖

聯合出版
壁雲天文化、中英劇團有限公司、
國際演藝評論家協會(香港分會)有限公司

壁雲天文化
inquiry@pwtculture.com
www.priscillapoon.wixsite.com/pwtculture

中英劇團有限公司
電話(852)3961 9800　傳真(852)2537 1803
info@chungying.com　www.chungying.com

國際演藝評論家協會(香港分會)有限公司
電話(852)2974 0542　傳真(852)2974 0592
iatc@iatc.com.hk　　www.iatc.com.hk

鳴謝
陳雋騫先生及其家人

封面設計及排版
Amazing Angle Design Consultants Limited

印刷
Suncolor Printing Co. Ltd.

發行
一代匯集

2022年2月於香港初版

國際書號
978-988-74320-9-8

售價
港幣300元(一套七冊)

Printed in Hong Kong

資助 Supported by

中英劇團由香港特別行政區政府資助。Chung Ying Theatre
Company is financially supported by the Government of
the Hong Kong Special Administrative Region.

國際演藝評論家協會(香港分會)為藝發局資助團體。
IATC(HK) is financially supported by the HKADC.

* 藝術製作人員實習計劃由香港藝術發展局資助。The Arts
Production Internship Scheme is supported by the Hong Kong
Arts Development Council.